Arja Lobsiger
Jonas bleibt

Arja Lobsiger

Jonas bleibt

Roman

orte Verlag

© 2017 by orte Verlag, CH-9103 Schwellbrunn

Alle Rechte der Verbreitung, auch durch Film, Radio und Fernsehen, fotomechanische Wiedergabe, Tonträger, elektronische Datenträger und auszugsweisen Nachdruck, sind vorbehalten.

Umschlaggestaltung: Janine Durot
Gesetzt in Arno Pro Regular
Satz: Verlagshaus Schwellbrunn

ISBN 978-3-85830-224-3

www.orteverlag.ch

1

Eine weitere Minute verging. Gegen das Balkongeländer gelehnt, als wäre es eine Schiffsreling, spürte Alice Unruhe. Dachte: Das letzte Mal auf dem Balkon stehen, das letzte Mal in den Garten hinunter schauen. Sie hob den Blick. Sah in die Ferne über die blühenden Kronen der Kirschbäume hinweg. Erste Sonnenstrahlen verfingen sich in den Ästen. Sie stellte sich vor, bereits auf der Fähre zu sein.

Die farbige Häuserfront wird immer kleiner, die Segelmasten im Hafen sind kaum mehr erkennbar, das röhrende Geräusch des Schiffmotors, das angenehme Vibrieren. Ihre Haare bewegen sich im Fahrtwind, die Wanderhose flattert um ihre Beine, das Rauschen der Wellen schläfert sie ein. Dabei ist sie hellwach.

Alice trug bereits den Rucksack und spürte seine Wärme am Rücken. Sie atmete die Meeresluft ein. Schon jetzt kündigten sich die Gefühle an. Endlich in Bewegung sein.

Unten im Garten hing noch die Wäsche an der Leine. Die Bettbezüge und das weisse Laken wölbten sich in der kühlen Brise. Jonas wird sie am Abend zusammenfalten. Alice schloss die Augen, sah sich als Fleischstück in der Auslage von Pauls Metzgerei liegen. Und ausgerechnet Hanna stand hinter der Theke, wedelte mit einer rosa Plastikfolie durch die Luft. Unerträglich laut war das flatternde Foliengeräusch. Wut stieg in ihr auf, am liebsten hätte sie mit ihrer Faust eine Scheibe zerschlagen.

Für Alice gab es kein Zurück mehr. Viel zu lange hatte sie gewartet in der Hoffung, etwas würde geschehen. Einen Wartsaal hatte sie sich in ihrem Zimmer eingerichtet. Nichts durfte sich verändern in ihrer Welt. Und trotzdem war da immer eine leichte

Ungeduld. Als wäre sie auf der Durchreise und fände keinen Ort, an dem sie ankommen könnte. Was ist es, worauf ich warte?, begann sie sich irgendwann zu fragen. Die Uhrzeiger drehten sich weiter, auch in diesem Haus. Doch die Möbel blieben stehen, wo sie schon immer gestanden hatten. Regelmässig wurden sie von Jonas abgestaubt, damit der Lack weiter glänzte. Nichts sollte darauf hinweisen, dass doch so vieles passierte. Und für all die Dinge, die geschahen, bildete das alte Haus die Kulisse. Ausser Takt waren sie geraten, keiner sollte es bemerken. Heimlich sehnten sie sich danach, zu viert zu sein. Das Kind fehlte ihr. Das Kind fehlte Jonas. Das Kind fehlte Etna. Eigentlich hätte sie dieses Loch, das so plötzlich entstanden war, einander näher bringen sollen. Alice konnte noch immer nicht verstehen, warum aus dem Loch ein Strudel geworden war, der sie, Jonas und Etna in unterschiedlicher Weise hinabgezogen hatte.

2

Es klingelt. Jonas erwacht und streckt die Hand nach dem Wecker aus. Es klingelt weiter. Jonas tastet im Dunkeln nach dem Telefon. Aber das ist schon lange ausser Betrieb. Es klingelt noch einmal. An der Tür. Eigentlich klingelt schon lange keiner mehr bei ihm.

Bis später. Das sagte seine Frau Alice damals, als sie sich vor einem Jahr von ihm verabschiedet hatte. Jonas hatte sich nichts dabei gedacht und nur genickt.

Noch immer fragt er sich, wie er so blind hat sein können, obwohl er ein Sehender ist. In der Dunkelheit glaubt er, Alice atmen zu hören. Jonas knipst die Lampe neben dem Bett an und blickt auf die Uhr. Sie zeigt drei und nicht sieben. Vielleicht geht sie vor oder zurück. Jonas schlüpft in seinen Morgenmantel.

Ihm ist leicht schwindlig, als er barfuss über die Galerie zur Treppe geht. Im Erdgeschoss angekommen öffnet er die Wohnungstür. Aber da ist niemand.

Ende April. Vom Fensterbrett wirbelt Staub auf. Das Ende eines weiteren Morgens zeichnet sich am Sonnenstand ab. Jonas schaut sich gedanklich um. Was ihm noch bleibt, sind zwei Zimmer in einem alten Haus. Im Winter zieht der Wind durch die Ritzen in den Fensterrahmen. Im Sommer ist es staubig und heiss.

Wenn im August die Bagger auffahren und eine Mauer nach der anderen krachend zu Boden geht, will Jonas nicht mehr hier sein. Dieser Satz könnte auch der Refrain eines Liedes sein.

3

Alice klammerte sich an das Geländer des Balkons. Die weisse Farbe blätterte ab. Der grüne Anstrich, den ihr Vater vor Jahren gemacht hatte, blitzte an einigen Stellen hervor. In den vergangenen Jahren waren die sechs Quadratmeter des Balkons Alice' Welt ausserhalb des Zimmers gewesen. Eine Welt, die sie nur selten betreten hatte, um in den Garten zu schauen. Wenn sie den Schritt auf den kalten Betonboden gewagt hatte, verspürte sie den Drang, auf den Zehenspitzen auf- und abzuwippen. Und die Luft, in die sie eintauchte, war ihr entweder zu kalt oder zu heiss und sie konnte kaum atmen. War es zu spät, um ins Zimmer zurückzukehren, begann sie in Panik zu schreien. Ihre Hände und Beine verkrampften sich, und sie bog sich unkontrolliert nach hinten. Nur wenn es regnete, stand sie ganz still. Oft hatte sie die Augen geschlossen, und hörte dem Rauschen zu. Alice konnte sich wegdenken. Einweben in den Regen, nannte sie dies. Denn das Rauschen, so stellte sie sich vor, klang überall auf der Welt gleich.

Die schweren violetten Vorhänge in Alice' Zimmer waren meist zugezogen gewesen. Jonas hatte stets wiederholt, sie könne das Licht nicht ertragen, ungesund sei es für sie. Bis sie es irgendwann selber glaubte, wie so vieles, was er ihr über sie erzählt hatte. Aufgesogen hatte sie seine Sätze, seine Ratschläge, seine Geschichten. Es war, als würde sie in einem Körper wohnen, der nicht ihr gehörte.

Den Spiegel in ihrem Zimmer hatte sie irgendwann abgehängt, umgedreht und an die Wand gelehnt. Denn noch fremder kam sie sich vor, wenn sie sich anschauen musste.

Erst vor ein paar Wochen hatte sie gewagt, sich wieder im Spiegel zu betrachten. Sie hatte einen guten Tag gehabt, wie Jonas jeweils zu ihr sagte. Was er damit meinte, war, dass er hoffte, selbst einen guten Tag zu haben. Alice war in der Stadt spazieren gegangen. In einem Schaufenster hatte sie ihr Spiegelbild gesehen.

4

Jonas steht am Wohnzimmerfenster. Draussen regnet es. Die drei Kirschbäume im Garten zeigen ihr weisses Blütenkleid. Jonas schliesst die Augen, blinzelt zwischen den Wimpern hervor. Es könnte auch Schnee sein, der auf den Bäumen liegt. Jonas blinzelt sich ein Stück weiter zum Gartenhaus. Es flackert. Nein, es hüpft auf und ab. Sein Gartenhaus hüpft, als stehe es auf einem Trampolin. Jonas wundert sich, dass das schiefe Gartenhaus so lebendig ist. Nach dem ersten Hüpfer müsste es eigentlich in sich zusammenfallen. Bei ihm wäre das so. Die Knochen würde er sich brechen, sein Inneres wäre durcheinander. Dick- und Dünndarm würden sich unlösbar ineinander verschlingen. Leber, Milz und Gallenblase wären im Knäuel der Därme kaum mehr zu finden.

Könnte dieses Durcheinander wieder zu seiner alten Ordnung finden, wenn ich lang genug hüpfte?, fragt sich Jonas. Aber ein Organ bleibt ein Organ. Eine Worthülse für einen Raum, der auch nur eine Hülse ist.

Gerne hätte sich Jonas die Hand in den Mund gesteckt und durch die Kehle nach seinen Organen gegriffen und sie herausgezerrt. Eines nach dem anderen. Um sie vor sich auf dem Fenstersims aufzureihen. Übersichtlich, geordnet.

Danach hätte er sich erneut die Hand in den Mund gesteckt und durch die Kehle in den Innenraum gegriffen. Vielleicht hätte er ein Haarbüschel von Alice erwischt und sie aus sich herausgezogen. Vor ihm würde sie stehen, wie er sie vor einem Jahr das letzte Mal auf dem Balkon ihres Zimmers hatte stehen sehen. Das blaue T-Shirt zerknittert, die beige Wanderhose. Im Wind hat sie um die dünnen Beine von Alice geflattert. Sie lehnte sich an das Geländer und schaute in den Garten. Sie lehnte sich an das Geländer, als wäre es eine Schiffsreling. Jonas wollte sie umarmen. Aber Alice trug bereits den Rucksack am Rücken. Wer weiss, was sie dort alles eingepackt hatte, bevor sie verschwand?

Jonas blinzelt, das Gartenhaus hüpft weiter auf und ab. Wie viele Regengüsse hat dieses kleine Haus schon über sich ergehen lassen?, fragt er sich. Wie vielen Stürmen würde es noch standhalten? Seit Alice verschwunden ist, hat Jonas die Tür des Gartenhauses nicht mehr geöffnet. Wie es wohl drinnen aussieht?

Alice hatte sich schon lange ein Gartenhaus gewünscht. Jonas hatte es ihr aus Dankbarkeit gebaut. Sie zog mit ihm und Etna in das Haus ihrer früh verstorbenen Eltern ein. Zuvor hatte es zwei Jahre leer gestanden. Die Möbel und alle Gegenstände standen noch darin, als kämen ihre Eltern bald zurück. Einen

Teil des Geldes, das Alice geerbt hatte, wollte sie in die Renovation des Hauses investieren.

Knapp zwei Jahre nachdem Jonas die Metzgerei von seinem Vater übernommen hatte, hielt er es dort nicht mehr aus. Der Vater kam jeden Tag ins Geschäft hinunter und fand immer etwas, das Jonas nicht richtig machte. So hatte er stets einen Grund, weiterhin in der Metzgerei zu arbeiten. Angeblich um Jonas zu helfen. Am Anfang schwieg Jonas in der Hoffnung, sein Vater würde ihn bald in Ruhe lassen. Als er sich dann doch zu wehren begann, endete jeder Arbeitstag mit mindestens einem ungelösten Streit.

Eines Tages verkündete er Alice: Ich werde keinen Tag länger in der Metzgerei arbeiten. Ich will nur noch weg.

Jonas sieht vor sich, wie sie damals heimlich in der kleinen, alten Wohnung über der Metzgerei das Nötigste in die Koffer und Kisten packten. Wie sie mitten in der Nacht, als aus der Wohnung seiner Eltern keine Geräusche mehr nach unten drangen, durch den strömenden Regen zu Alice' Haus fuhren. Wie Alice den Schlüssel drehte, die schwere Holztür öffnete und er in die Eingangshalle trat. Hier hatte er sich sofort zu Hause gefühlt.

Er war nicht nur froh, den Launen des Vaters entkommen zu sein. Sondern auch diesem seltsamen Spiel von Nähe und Distanz, das seine Schwägerin Hanna mit ihm in der Metzgerei getrieben hatte. Alice erzählte er aber davon nichts.

Nachdem Jonas und Alice Metzgerei und Wohnung über Nacht verlassen hatten, sprachen seine Eltern und auch sein Bruder Paul kein Wort mehr mit ihm. Schweigen als Strafe, das kannte Jonas bereits von seinem Vater. Es war, als hätten sie als Familie beschlossen, dass dies seine gerechte Strafe sei. Er hatte keine andere Reaktion erwartet. Aber er wünschte sich, sein Vater würde ihn anschreien oder ihn ins Gesicht schlagen. Darauf hätte er etwas erwidern können. Wie sollte er anders auf kollektives Schweigen reagieren, als ebenfalls zu schweigen? Jonas konnte aber nicht verstehen, warum Paul wütend war. Er war nun Retter und Held. Hatte er doch nach Jonas Verschwinden sein Lehrerstudium für den Familienbetrieb geopfert und die Metzgerei übernommen.

Der richtige Moment, um das Gartenhaus zu bauen, war dann zwei Jahre später gekommen, als sie eine der sechs Tannen fällen lassen mussten. Sie war zu gross geworden und schwankte gefährlich im Wind. Jonas rief Paul an, sprach mit ihm als wäre nichts geschehen. Paul schien ihm in der Zwischenzeit verziehen zu haben und erklärte sich sofort bereit, zu helfen. Einen ganzen Tag lang beugte sich Paul über das Tannenholz und führte die Säge nach Jonas Anweisungen hin und her. Rastlos und mit viel Kraft. Jonas beobachtete seinen Bruder von der Terrasse aus. Den nackten Oberkörper und die sehnigen Arme. Einen Tag lang war Paul ein anderer Paul. Das Sägemehl staubte ins Gras.

Da flackert ein rostroter Fleck neben dem Gartenhaus. Jonas öffnet die Augen. Er sieht, wie der Fuchs hinter der Brombeerhecke verschwindet.

5

Alice blickte vom Balkon aus in ihr dunkles Zimmer. Viele verschwommene Jahre hatte sie hier verbracht. Nur in der Mitte, wo sich die violetten Vorhänge trafen, blieb ein Spalt, durch den die Sonne ins Zimmer drang. Ein heller Streifen lag auf dem

Parkett, in den Sonnenstrahlen tanzte der Staub. Im Zimmer gab es an gewissen Stellen Licht und Schatten. Gegenstände erhielten Konturen.

So kurz vor dem Abschied war es, als würde Alice ihr Zimmer mit den Augen eines Besuchers sehen. Die bauschige Bettdecke, die Kissen in allen Grössen, ihre Bücher. Den leeren Schreibtisch, als hätte sie keine Ideen. Die Teekanne, die gestapelten Tassen. Der Wasserkocher, die Holzschachtel mit den Teebeuteln. Das Foto von dem Kind, das es an seinem letzten Geburtstag zeigt, die Kerze davor. Jonas wechselte sie aus, sobald sie halb abgebrannt war. Hinter den violetten Vorhängen war der Balkon versteckt gewesen, auf dem Alice nun stand. Trotz allem, was geschehen war, wollte sie gewisse Dinge in Erinnerung behalten. Den Blick hinunter in den Garten, die Tannen, die Sträucher, die Blumen, ihr Gartenhaus, den Weg aus Granitplatten.

Nichts war seit jenem schrecklichen Tag in ihrer Familie mehr, wie es zuvor gewesen war. Den Garten jedoch hatten Etna und Jonas seit dem Tod des Kindes gemeinsam gepflegt und angelegt, als hätten sie es mit Alice' Händen getan. Alice hatte es als Zeichen ihrer Liebe verstanden. Der Blick in den Garten hatte ihr in all den Jahren ein Gefühl von Heimat gegeben, von Orientierung. Doch zuletzt konnte sie den Anblick kaum mehr ertragen. Der Garten hatte sich nicht verändern können. Selbst die Bäume waren kaum grösser geworden, weil sie Jonas im Dezember immer wieder akkurat in dieselbe Form schnitt.

Der Gedanke war Alice vor ein paar Tagen gekommen: Es gibt nichts Schlimmeres, als einen Ort, an dem selbst die Pflanzen dem Diktat eines Menschen folgen. Wozu der grosse Aufwand, den Jonas betreibt, damit sich nichts verändert?, fragte sie sich. An diesem Ort konnte sie nicht bleiben.

6

Jonas öffnet die Tür, die über eine mit Moos bewachsene Steintreppe in den Garten führt. Auf den Stufen kleben Schnecken, die sich zusammenrollen, wenn er aus Versehen auf sie tritt. Von den Weinbergschnecken sind nur noch die Häuschen übrig geblieben, die Jonas als Botschaften von Verreisten liest.

Früher sammelte er die Häuschen an den schattigen Plätzen unter der Hecke und legte sie an die Mittagssonne. Später präsentierte er seinem Bruder Paul stolz seine Sammlung, die er in einer alten Schuhschachtel aufbewahrte. Mehrere Tage hatte er in den Herbstferien gebraucht, um sie zu bemalen. Verschiedene Blautöne wechselten sich mit Weiss ab. Die Schachtel versteckte er unter seinem Bett. Im Deckel führte er eine Liste, in die er die neue Anzahl Schneckenhäuser samt Datum eintrug, weil er befürchtete, dass Paul ihn beklaute, während er in der Schule war.

Paul konnte schon im Kindergarten lesen und begann kurze Zeit später in ein Notizheft zu schreiben. Am liebsten las er Jonas daraus vor. Neben Lesen und Schreiben lernte Paul auch Rechnen ohne Anstrengung. Trotzdem beklagte er sich beim Abendessen über die Hausaufgaben. Gestikulierte mit aufgerissenen Augen und gab seiner Stimme einen dramatischen Unterton, wenn er Jonas und den Eltern sein Leid klagte. Nur Jonas schien zu erkennen, was für ein Spiel sein Bruder spielte. Keiner bemerkte, dass die Küche Pauls ideale Bühne war. Weshalb wunderten sich die Eltern nicht, dass Paul seine Hausaufgaben nebenbei am Frühstückstisch löste? Für sie war klar, dass Paul später einmal studieren und nicht in der Metzgerei stehen würde.

Einmal las Jonas heimlich in Pauls Notizheft. Jonas beneidete Paul um seine Leichtigkeit, neue Dinge zu lernen. Als er in dem Heft las, wurde sein Neid noch grösser. Jonas war sich sicher, dass Paul diese Notizen nur für ihn machte. Paul wollte, dass Jonas dasselbe Wissen hatte wie er. Aber Jonas fühlte sich nur noch dümmer, noch langsamer.

Seit Paul auf der Welt war, bewunderten ihn alle. Sein Vater erwähnte regelmässig, wie gross Pauls Gehirn im Vergleich zu dem anderer Jungen seines Alters sei. Auch die Kundinnen der Metzgerei verfielen in ein Säuseln, sobald sie Paul erblickten. Es spielte keine Rolle, ob er neben dem Tresen im Kinderwagen lag und schlief oder ihnen entgegenlief. Die eine kniff ihn in die Wange, die andere fuhr ihm durchs Haar, und die dritte küsste ihn auf die Stirn. Auch als Paul schon das Lehrerseminar besuchte, nannten die Kundinnen ihn Päulchen, sobald sie in die Metzgerei stöckelten. Betrachteten ihn mit besorgtem Blick und voller Stolz. Jonas fragten sie nur höflichkeitshalber, wie es ihm gehe.

Jonas weiss, dass Paul ihm seine Liebe zu Hanna wohl nie wird verzeihen können. Auch Alice' Verschwinden vor einem Jahr hat daran nichts geändert. Paul meldet sich nicht mehr bei ihm, kommt nicht vorbei. Auch Mitleid hat er keines. Zwischen ihnen steht wieder Schweigen.

7

Alice löste sich vom Balkongeländer, blinzelte in den Garten, ein verstecktes Winken. Auf der Schwelle zu ihrem Zimmer blieb sie stehen. Ein letztes Mal blickte sie sich um, die violetten Vorhänge lagen auf dem Fussboden, sahen aus wie ein Wesen, das sich auf dem Parkett ausgestreckt hatte und schlief. Alice hatte sich an die Stoffbahnen gehängt und geschaukelt, bis die Vorhangstange brach und zu Boden krachte.

Sie konnte nicht weinen, die Fenster erschienen ihr nackt.

Alice stieg über das schlafende Wesen und schloss die Balkontür. Dann breitete sie die Wolldecke, die noch von ihrer Mutter stammte, über das Bett. Mit beiden Händen strich sie die Falten glatt. Die Möbel und Dinge, die ihr Zimmer füllten, würde sie zurücklassen. Sie hatte fast Mitleid mit ihnen. Sie würden es wohl nie aus diesem Wartesaal hinaus schaffen. Ausser sie bekämen, wie durch einen Zauber, irgendwann kleine Räder angeschraubt. Sie würden aus ihrem Zimmer über den Teppich auf der Galerie an Jonas' Schlafzimmer vorbeirollen, die Treppe hinunter, eine Rechtskurve durch die Eingangshalle fahren, angezogen von der Haustür. Ein Windstoss würde die Tür öffnen. Ihre Möbel, all ihre Dinge, die sie zurückgelassen hatte, würden über die Steinstufen durch den Vorgarten auf die Strasse rollen. Und sich durch die Stadt in verschiedene Richtungen davonmachen. Sie sah vor sich, wie die Bücher, die sie umgeben und begleitet hatten, mit Rädchen am Buchdeckel durch die Strassen flitzten.

8

Jonas bleibt auf der letzten Treppenstufe stehen. Sein Garten ist nicht mehr, was er einmal war. Im hochstehenden Gras wachsen Mohnblumen, Akeleien und Margeriten. Die Brombeer- und Himbeersträucher haben sich in der Mitte des ehemaligen Rasens getroffen, sind ineinander verwachsen und haben sich netzartig ausgebreitet. Die fünf Tannen ragen weit in den Himmel und verbergen unter ihren Ästen Waldboden. Neue Tannen sind gewachsen. Jonas könnte im Winter eine von ihnen als Weihnachtsbaum ins Wohnzimmer stellen. Aber seit Alice' Verschwinden feiert Jonas Weihnachten nicht mehr. An Weihnachten will er an gar nichts denken. Wenn im August die Bagger auffahren und eine Mauer nach der anderen krachend zu Boden geht, will Jonas nicht mehr hier sein.

Holunder-, Flieder- und Haselbüsche sind Bäume geworden. Ein Ast des Apfelbaums liegt abgebrochen am Boden, eine geöffnete Hand. Vom Weg, den er und Alice vor vielen Jahren mit Granitplatten quer durch den Garten gelegt haben, ist nichts mehr zu sehen. Nicht einmal das Ende seines Gartens kann Jonas erkennen. Die Vorstellung eines unendlichen Gartens gefällt ihm.

Irgendwo im Durcheinander, das die Natur in den letzten Jahren geschaffen hat, versteckt sich der Fuchs. Ob er schon lange im Garten lebt? Jonas setzt sich auf die Treppenstufe und wartet. Er bewegt den Kopf hin und her und versucht, den gesamten Garten zu überblicken. Der Fuchs zeigt sich nicht. Aber Jonas ist sich sicher, dass er ihn beobachtet.

9

Alice tastete nach ihrem Rucksack, sie wusste, was sie eingepackt hatte. Sie spürte, wie ihr Oberkörper von einem Zittern erfasst wurde.

Jonas lehnte sich gegen den Türrahmen. Er sah verloren aus, seit Hanna gestorben war. Aber Alice' Mitleid mit ihm war aufgebraucht. Und wenn sich das Mitleid dennoch ihre Kehle hochwand, schaute sie auf seine Hände, und das Gefühl verschwand sofort. Seine Hände auf Hannas Haut. Seine Hände an den violetten Vorhängen.

Alice schaute auch jetzt auf seine Hände, um sich von ihm verabschieden zu können. Seine Wahrheit war, dass sie auf eine Wanderung ging und am Abend wieder zurückkehrte. Wenn Alice einen guten Tag hat, soll sie wandern gehen, hatte einer der Ärzte zu Jonas gesagt. Ihre Wahrheit war eine andere. Sie wollte dieses Haus und damit die Erinnerungen endlich hinter sich lassen. Alice strich Jonas über den Arm und sagte: Mach's gut. So, wie sie es immer gesagt hatte. Doch heute meinte sie es so. Während sie ein letztes Mal in die Landschaft seines Gesichtes blickte, hätte sie ihn am liebsten gleichzeitig angespuckt und umarmt. Gleichzeitig angeschrien und ihm gesagt, dass sie nicht mehr zurückkommen werde. Aber sie schwieg und biss sich auf die Lippen. Dann schob sie ihn zur Seite und schloss die Zimmertür. Der dunkelgrüne Teppich, der über die gesamte Galerie und die Treppen in die Eingangshalle hinunterführte, war Moos unter ihren Füssen. Unten angekommen, stieg sie in die alten Wanderschuhe aus Leder, eine lange Reise lag vor ihr. Während sie die Schnürsenkel festzog und band, spürte sie in den Füssen die Leichtigkeit ihrer neuen Ballerinas, die sie im Rucksack verstaut hatte.

Jonas räusperte sich. Er hing beinahe über dem Geländer der Galerie. Alice zuckte zusammen. Hatte er ihren Fluchtplan doch durchschaut? Aber er hob nur die Hand. Mit der gleichen Bewegung versuchte er sie bei Streitigkeiten zu beschwichtigen. Die schwere Holztür fiel hinter ihr ins Schloss. Sicherlich hallte das Geräusch noch lange in der Eingangshalle nach. Vielleicht stützte sich Jonas noch immer auf dem Geländer der Galerie ab. Aber Alice hatte den Schritt über die Schwelle getan und ging Richtung Bahnhof. Sie hatte das Gefühl zu traben, den Wind im Rücken.

10

Jonas steht am Wohnzimmerfenster. Es regnet nicht mehr. Die drei Kirschbäume im Garten zeigen zwischen ihrem weissen Blütenkleid etwas Grün. Jonas schaut auf die Uhr. Es ist Viertel nach sieben. Gestern ist um diese Zeit ein rostroter Fleck neben dem Gartenhaus aufgetaucht. Jonas öffnet die Tür zum Garten, bleibt aber auf der Schwelle stehen. Ein Bild will er sein, gerahmt von der Tür. Er schliesst die Augen, blinzelt. Büsche, Bäume, das Gestrüpp, die Blumen, alles bewegt sich. Jonas versucht, regungslos zu stehen und flach zu atmen. Nur seine Lider flackern in der Hoffnung, den Fuchs hervorzuzaubern. Jonas öffnet die Augen, und in seinem Garten ist alles an seinem Platz. So wie er es hat stehen lassen, als seine Tochter Etna ein paar Monate nach dem Verschwinden von Alice ausgezogen ist.

Etna spricht nicht mehr mit ihm, seit Alice vor einem Jahr von einer Wanderung nicht zurückgekehrt ist. Damals fragte sie: Hast du die Polizei informiert?

Ich werde Himmel und Hölle in Bewegung setzen, um deine Mutter zu finden, antwortete er.

Etna schüttelte nur den Kopf und schaute ihn mit leeren Augen an. Dieser Blick ist an ihm haften geblieben, und auch Etna scheint ihn nicht mehr loszuwerden.

Weder der Himmel noch die Hölle, die er in Bewegung gesetzt hatte, brachten ihm Alice zurück. Auch als die Polizei die Suche nach ihr aufgab, schreckte er noch wochenlang hoch, wenn das Telefon klingelte. Er hatte die Suche nach Alice nicht aufgegeben. Bis im November der Schnee die Gebirgswege unter sich versteckte, schaute er hinter jeden Felsbrocken, in jeden

Abgrund und jede Höhle. Nach stundenlangem Suchen musste er sich manchmal daran erinnern, wonach er suchte. Aber er fand nichts. Kein Zeichen, keine Nachricht, kein Kleidungsstück von ihr, nicht Alice. Sorgfältig markierte er auf einer Karte, welche Gebiete er durchkämmt hatte. Zu Beginn begleitete ihn seine Nichte Juna. Im September gab sie auf, sagte: Wenn du so weitermachst, werde ich noch krank vor Sorge um dich.

Als Juna im November demonstrativ seine Haustür verschloss und den Schlüssel versteckte, weil sie in den Nachrichten vom Wintereinbruch in den Bergen gehört hatte, gab er auf. In den langen Nächten wünschte er sich nur noch eines: Dass Alice gefunden werde, tot oder lebendig. Die unerträgliche Ungewissheit musste ein Ende haben.

Irgendwann hörte er auf, den Briefkasten zu leeren und die Rechnungen zu bezahlen. Das Telefon in der Eingangshalle ist seither nur noch ein Requisit.

Die Pflanzen in Jonas' Garten sind in alle Himmelsrichtungen gewachsen. Etnas Hände, verpackt in Gartenhandschuhe, suchen schon lange nicht mehr nach Unkraut und kranken Pflanzen. So kann in seinem Garten wachsen, was wachsen will. Nur selten betritt er den Garten. Lieber beobachtet er durch die Fenster, wie er grünt, wächst und wuchert. Eigentlich ist mein neuer Garten kein Durcheinander, denkt Jonas.

Er beschliesst, seinen Garten Dschungel zu nennen.

11

Alice sass im Zug. Sie konnte sich nicht freuen, aber auch nicht weinen. Es kam ihr nicht wie ein Abschied vor, denn bei einem Abschied erhofft man sich ein Wiedersehen, sie aber wollte nur in eine Richtung fahren. Es konnte ihr nicht schnell genug gehen. Alice drückte die Stirn gegen das Fenster und blickte zurück auf den Bahnsteig, als der Zug mit einem Ruck losfuhr. War ihr Jonas gefolgt? Ihr Herz klopfte, und sie spürte, dass ihr T-Shirt unter der Jacke durchnässt war. Auf dem Bahnsteig sass nur ein Hund, der seine Schnauze in die Luft hielt, als warte er auf einen ganz bestimmten Geruch. Wäre Jonas ihr gefolgt, wenn er etwas geahnt hätte? Bis jetzt war es Alice nicht wirklich bewusst gewesen: Sie befand sich auf der Flucht. Sie bewegte sich mit jedem Meter, den der Zug zurücklegte, weg von den Menschen und dem Ort, der jahrelang ihr Zuhause gewesen war. Immer weiter in die Namenlosigkeit. Noch zweimal umsteigen, dann würde sie auch das Land verlassen haben.

Die Landschaft zog am Zugfenster vorbei. Etna und das Kind musste sie zurücklassen. Etna würde es vielleicht verstehen. Alice wollte ihr schreiben, sobald sie sich eingelebt hatte. Sie würde sie um Verzeihung bitten, dass sie sich in all den Jahren nicht um sie kümmern konnte. Ihr vorschlagen, jetzt, sofern es möglich war, noch einmal Teenager zu sein. Vielleicht war das ja einfacher für sie ohne die Mutter.

Alice sah den Moment vor sich. Sie drückte Etna in der Eingangshalle an sich. Lehnte ihren Kopf an Etnas Schultern. Schloss kurz die Augen. Atmete den Duft ihrer Haare ein. Verabschiedete sich innerlich. Löste sich dann wieder von ihr. Etna durfte nicht bemerken, dass es ein ungewöhnlicher Abschied war.

12

Seit Etna ausgezogen ist, hat sie sich jeden Donnerstag um das Haus ihrer Eltern herumgedrückt. Manchmal sieht Jonas, wie sie aus ihrem schwarzen Auto steigt. Meist lässt sie den Motor kurz aufheulen und fährt sofort wieder davon. Steigt Etna aus dem Auto, ist sie in ihrem schwarzen Kostüm und mit den dunklen Haaren kaum von der Karosserie zu unterscheiden. Einzig ihre Fingernägel leuchten rot. Manchmal springt ihr wurstförmiger Hund aus dem Auto. Er schnüffelt in den Büschen, dann markiert er sie.

Nie blickt Etna zum Fenster hoch, an dem ihr Vater steht. Sie will nicht nach ihrem Vater sehen. Sie sieht nach dem Haus, das ihre Mutter Alice ihr überschrieben hat. Trotzdem glaubt Jonas, in ihrem Gesicht Traurigkeit zu erkennen. Er ist sich sicher, dass sie nachts weint. Bei ihren Besuchen wirft sie Zettel mit der immer gleichen Botschaft über das Gebüsch in den Garten. Auf den Zetteln steht, wie viele Tage ihm bleiben, bis sie das Haus abreissen lässt. Jonas sammelt die Zettel und hängt sie mit Wäscheklammern an einer Schnur auf, die er durch sein Schlafzimmer gespannt hat. Kommt Wind auf, öffnet er das Fenster, legt sich auf sein Bett und schliesst die Augen. Das Rascheln der Blätter klingt wie das Flüstern von Etna.

Seit ein paar Wochen tigert Etna fast täglich um das Grundstück herum. Das Aufheulen des Automotors ist in Jonas' Ohren der Schrei eines angeschossenen Tiers.

13

Der Kapitän der Fähre hupte ein Motorboot an, das knapp neben dem Bug der Fähre vorbeiglitt, um von den grossen Wellen zu profitieren. Wegen den Sonnenbrillen sahen die Gesichter der Passagiere klein aus. Alice hatte sich auch eine gekauft, möglichst gross sollte sie sein. Sie hatte auf einmal das Bedürfnis, nicht aufzufallen. Sie wollte nicht, dass jemand in ihrem Gesicht das Zimmer erkennen konnte, in dem jahrelang die Zeit stehen geblieben war.

Ein junger Mann mit seidiger Haut und weissen Zähnen hatte ihr die Brille verkauft. Ein Händler, der auf dem Holzsteg im Hafen Sonnenbrillen, Taschen und Schmuck auf einem farbigen Tuch anbot. Er lächelte sie an und nickte aufmunternd, als sie nach einer Sonnenbrille griff. Seine Augen erinnerten Alice an Jonas, an seinen verlorenen Blick. Möglicherweise war der Verkäufer mit einem Schiff übers Meer gekommen und die Brillen, Taschen und der Schmuck sollten eine grosse Familie ernähren. Hatte sie ihn die ganze Zeit angestarrt? Beschämt schaute sie auf den Boden. Zum Glück sass eine der Sonnenbrillen auf ihrer Nase. Sie drückte dem Mann einen Geldschein in die Hand und wartete nicht auf das Rückgeld.

14

Der Fuchs schlüpft zwischen der Brombeerhecke und dem Gartenhaus hindurch. Jonas hält den Atem an. Der Fuchs fährt mit der Schnauze über den Boden. Was sucht er? Sein Fell ist struppig. Seine Beine sind kürzer als in Jonas' Vorstellung. Der Schwanz ist buschig und endet in einer weissen Spitze. Auch am Hals und an der Innenseite der Läufe ist das Fell weiss. Jonas denkt: Der Fuchs hat sich verziert. Und er denkt an sein ergrautes Haar, das immer schütterer wird, ihn aber nicht verziert. Er sieht nur noch selten in den Spiegel. Beim Zähneputzen oder Händewaschen ist er ein Schatten.

Jeden Montag, bevor seine Nichte Juna vorbeikommt, wagt er einen Blick und denkt: Verlottert! Bald sehe ich so heruntergekommen aus wie das Haus. Wenn im August die Bagger auffahren und eine Mauer nach der anderen krachend zu Boden geht, will ich nicht mehr hier sein.

Jonas kämmt und rasiert sich. Tupft sich für Juna sogar ein

paar Tropfen Rasierwasser auf Wangen und Hals. Jonas will vor ihr den Schein wahren. Er will nicht anders sein, als sie ihn kennt. Auch Juna legt grossen Wert darauf, dass Jonas gepflegt aussieht. Jonas ist sich nicht sicher, ob es ihr wirklich wichtig ist, oder ob sie nur versucht, ihn nach Pauls Vorstellung herzurichten: Jonas abzustauben und instandzuhalten. Er kommt sich vor wie ein Ausstellungsstück in einem Museum. Jedenfalls hat Juna am letzten Montag des Monats immer ihre Coiffeurschere dabei. Auch heute führt sie ihn nach dem gemeinsamen Kaffee ins Badezimmer. Sie stellt sich wie immer ans Fenster und schaut in den Garten hinaus, während er sich bis auf die Unterhose auszieht und in die Badewanne setzt. Dann befeuchtet sie seine Haare mit dem Handsprüher. Jonas ist für einen Augenblick eingehüllt in eine feuchte, kühle Wolke.

Juna kämmt ihm zuerst die Haare, obwohl Jonas nicht weiss, was es auf seinem Kopf noch zu kämmen gibt. Aber je länger Juna seine Kopfhaut mit dem Kamm streichelt, desto stärker ist das Gefühl, dass er noch jede Menge Haare habe.

Dann greift Juna feierlich nach ihrer Schere, und Jonas fühlt sich wohl. Es stört ihn nicht, dass sie ihn zurechtstutzen will. Er denkt nicht an Paul und dessen Vorstellung von Ordnung. Juna widmet sich ihm ganz allein. Er versucht, sich in der Badewanne aufrechter hinzusetzen und den Kopf ruhig zu halten. Juna beginnt zu schneiden. Oder ist es Hanna? Jonas schliesst die Augen, er will glauben, dass sie es ist. Er sieht die langen, blonden Haare. Ihren konzentrierten Blick. Sie schneidet und kämmt abwechslungsweise. Immer wieder dreht sie sein Gesicht zu sich, indem sie ihn leicht am Kinn berührt. Er spürte Hannas Berührung. Sie weist ihn an, sie anzuschauen.

15

Die kleineren Schiffe schaukelten leicht im Hafen, zwei Fischer rollten ihre Netze zusammen. Alice stand an Deck, sie lehnte sich gegen die Reling, ihre Stoffhose flatterte im Wind. Tief atmete sie die warme, salzige Luft ein. Der Geruch von Diesel hatte sich darunter gemischt. Alice störte das nicht, denn die Gerüche waren Zeichen für sie. Zeichen, die ihr signalisierten, dass sie ihrem Ziel näher kam. Das Gelächter der anderen Passagiere nahm sie kaum wahr. Die Geräusche erinnerten sie an ein Lied. Die Fähre fuhr schneller, das Vibrieren unter ihren Füssen wurde stärker, ihr Körper wurde davon erfasst. Wie in Trance war sie auf ihrer Reise gewesen. Erst jetzt hatte sie das Gefühl, langsam zu erwachen, zu begreifen, dass sie es tatsächlich getan hatte.

16

Jonas öffnet die Augen. Juna tritt einen Schritt zurück. Die Art, wie sie ihm die Haare schneidet, erinnert ihn daran, wie er früher unter dem kritischen Blick seines Lehrmeisters Pläne von Möbeln gezeichnet hat. Nachdem er die Arbeit in der Metzgerei aufgegeben hatte, fand er rasch eine Lehrstelle in einer Schreinerei. Zwar träumte er davon, eines Tages Architekt zu werden, aber er mochte den Geruch des Holzes, die Arbeit mit den Händen, das Anfertigen von Skizzen und Plänen. Und das lange Schweigen seines Lehrmeisters.

Jonas denkt: Juna schneidet mit einer Leichtigkeit, als würde sie mich skizzieren.

Bevor Juna ihm den Handspiegel reicht, wischt sie ihm mit einem Handtuch über Gesicht und Nacken. Auf diese Weise geordnet und gepflegt, hat er das Gefühl, sein Bruder Paul schaue ihm aus dem Spiegel entgegen. Obwohl er ihn in den letzten Jahren kaum gesehen hat.

Letzten Herbst schien Jonas auf dem Friedhof sein Spiegelbild entgegenzukommen. Sein Spiegelbild mit glänzenden Schuhen. Sein Spiegelbild mit dichterem Haar, gründlicher Rasur und gestutzten Augenbrauen. Paul liebte noch immer den grossen Auftritt. Vielleicht hatte er die Brauen sogar gekämmt und gegelt: Sie thronten regelrecht über seinen Augen. Sein Blick war nur wegen dieser Brauen stechend, da war sich Jonas sicher. Paul war schwammig und hatte einen wässrigen Blick. So, als ob er jederzeit in Tränen ausbrechen könnte. Das hatte ihm als Kind Mitgefühl und Milde von den Erwachsenen eingebracht.

Jonas erinnert sich, dass Paul von Anfang an ein weinerliches Kind gewesen ist. Die Mutter versuchte ihn mit viel Aufmerksamkeit, Nähe und Nahrung zu trösten. Sie hörte nicht auf, ihm die Brust zu geben. Auch als Paul Zähne wuchsen, legte sie sich zu ihm ins Bett und gab ihm die Brust, bis er einschlief.

Jonas, der mit Paul das Zimmer teilte, beobachtete sie von seinem Bett aus. Er sah die Nähe zwischen den beiden, fühlte sich leer und wollte diese Leere mit Musik füllen. Also begann er zu singen und zu pfeifen. Er erfand Lieder, deren Melodien er gleich wieder vergass.

Die Mutter schwieg, und Paul schlief trotzdem immer ein. Manchmal schlief auch die Mutter ein.

Als Paul in die Schule kam, wollte er nicht mehr an der Brust der Mutter nuckeln. Abends war er müde und schlief auf dem Sofa ein. Er ging gerne zur Schule und hüpfte vor Vorfreude bereits am Sonntagabend durch die Wohnung. Jonas' Mutter begann, Pauls Lieblingsgerichte zu kochen, wenn er von der Schule nach Hause kam. Jonas wusste, dass Paul gerne zur Schule ging, weil er in seine Lehrerin vernarrt war.

Dieses Bild, Paul an der Brust seiner Mutter, sah Jonas im vergangenen Herbst auf dem Friedhof wieder vor sich, als sein Bruder vor ihm stand. Er hatte das seltsame Gefühl, ihn gleichzeitig beschützen und von sich wegstossen zu wollen. Paul streckte ihm die Hand entgegen und nickte ihm zu. Jonas, der sich vor der Begegnung gefürchtet hatte, war überrascht, wie knochig und kalt sich die Hand anfühlte. Er suchte in Pauls Gesicht nach dem kleinen Bruder, der er einmal gewesen war. Aber er sah nur ein Gesicht, welches ihn an eine von Wasser gezeichnete Landschaft erinnerte. Und die Hand in seiner Hand wurde zu einem Lammrack. Er sah es neben anderen Fleischstücken in der Theke der Metzgerei liegen. Angewidert zog Jonas seine Hand zurück. Paul schaute ihn erschrocken an, als wäre etwas auf dem Fussboden zerschellt.

Der Nebel zwischen den Tannen des Friedhofs löste sich langsam auf. Die Sonne blendete Jonas, und er schwitzte unter seinem Jackett. Er wünschte sich, dass es anfing zu regnen. Ohne Alice fühlte sich Jonas verloren. Seit sie verheiratet waren, war er noch nie ohne sie zu einer Beerdigung gegangen. Sogar an Hannas offenem Grab hatte sie neben ihm gestanden.

Jonas sah sich nach Juna und Etna um. Von Weitem sah er Juna neben seiner Mutter stehen, die auf einem Stuhl am offenen Grab sass. Seine Mutter war in sich zusammengesunken und sah noch kleiner aus als sonst. Seit Alice' Verschwinden hatte er seine Eltern nicht mehr im Altersheim besucht. Juna stand neben ihr, als wäre sie eine Kundin in ihrem Friseursalon. Eine Hand hatte sie ihr auf die Schulter gelegt. Sie schien ihr etwas zu erzählen, blickte dabei in die Ferne und lächelte. So ist sie. Juna, die sich um alles kümmert. Sogar am Grab ihres Grossvaters schien sie die Sorge um andere Menschen mehr zu bewegen als der Verlust eines Familienmitgliedes. Nur Etna war nicht gekommen.

Immer mehr Menschen strömten auf den Friedhof. Eine Schlange aus dunklen Stoffen bewegte sich auf das Grab zu. Jonas konnte sich nicht rühren, aus seinen Beinen war jede Muskelkraft gewichen, sie waren bleischwer. Automatisch nahm er die Hände, die ihm entgegengestreckt wurden, und nickte den Gesichtern zu. Diesen weissen Flächen, die sich über den schwarzen Stoffen hin- und herbewegten. Jonas blinzelte, aber die Gesichter blieben Flächen, ohne wiedererkennbare Strukturen. Niemand fragte nach Alice. Für alle anderen schien sie nicht mehr zu existieren. Später stolperte Jonas der Schlange hinterher und erreichte sie, als sie bereits einen Kreis um das Grab seines Vaters gebildet hatte. Dicht an dicht standen die Menschen, Jonas fand keinen Platz für sich. Er konnte kaum atmen, konnte nicht ruhig stehen. Der Pfarrer sprach von seinem Vater oder dem heiligen Vater im Himmel, das wusste Jonas nicht genau. Wie man einen Metzgermeister und Gott im gleichen Satz erwähnen konnte, war ihm ein Rätsel. Sein Vater war kein gläubiger Mensch gewesen. Am Sonntag ging er lieber in die Metzgerei hinunter als in die Kirche. Nicht, um zu arbeiten, sondern um auf einem Stuhl zu sitzen und Radio zu hören.

Jonas lief um den Kreis der Trauergemeinde herum und stellte sich vor, er sei die Zeigerspitze einer Uhr. Die Worte des Pfarrers wurden zu einem Gemurmel, das vom rhythmischen Schnäuzen und Schniefen der Menge getragen wurde.

Der Pfarrer schwieg. Taschentücher und Blumen wurden hin- und hergereicht. Die Schlange bewegte sich in Richtung Ausgang. Nur Juna und Jonas' Mutter, die immer noch auf dem Stuhl sass, blieben zurück.

Jonas ging zu seiner Mutter, die noch immer mit starrem Blick vor dem Grab seines Vaters sass. Er beugte sich zu ihr hinab und küsste sie auf die Wangen. An seinen Lippen blieb die Feuchtigkeit ihrer Tränen hängen.

Er wollte etwas Tröstendes zu ihr sagen. Aber welche Worte konnten seine Mutter erreichen? Immer mehr hatte sie sich in den letzten Jahren in sich zurückgezogen. Ihr Körper schrumpfte in sich hinein. Falten bildeten sich, als wollten sie etwas verbergen. Die Lippen waren nun immer gekräuselt. Die Augen zogen sich in ihre Höhlen zurück. Nur ihre Haare wurden weder lichter noch weisser. Jeder nahm an, sie färbe sie heimlich. Die langen braunen Haare überdeckten demnächst den ganzen Körper, als wären sie ihr Kleid.

Seine Mutter war schon lange eine alte Frau. Auf dem Stuhl am Grab seines Vaters wurde sie für Jonas zu einer Greisin. Jonas fand keine Worte für sie. Er sah ihr in die Augen. Er suchte ihren Blick. Sie war so fern. Wusste sie, wo sie war? Wusste sie, was geschehen war? Wusste sie, wer er war? Jonas drückte seine Nase gegen die ihre. Für einen Augenblick war er wieder Kind. Seine Mutter lächelte und nieste ihm ins Gesicht.

Juna reichte ihm ein Taschentuch. Jonas legte den Kopf in den Nacken und das Taschentuch aufs Gesicht. Er begann zu lachen. Er wusste, jetzt zu lachen, war falsch. Aber das Lachen gurgelte in seinem Hals. Er lachte lauter. Das Taschentuch flatterte von seinem Gesicht, segelte auf den Boden. Er krümmte sich, hielt sich den Bauch. Sein Körper wurde durchgeschüttelt vom Lachen, das unaufhaltsam aus ihm heraus schall. Als ob eine andere Person aus ihm heraus lachte. Und je mehr er versuchte, dies zu verhindern, desto lauter wurde er. Juna versuchte, ihn zu umarmen. Er wehrte sich, schob sie von sich weg. Sie zog ihn an sich, und er wurde ruhig.

17

Der Horizont erstreckte sich so weit, dass der Anblick Alice schwindeln liess. Eine Möwe flog gegen den Wind. Mit ruhigen Flügelschlägen. Zwei andere Möwen folgten dem Schiff. Alice beobachtete, wie sie kreisend und kreischend über dem Hinterdeck schwebten. In der Ferne sah sie einen der Vulkane. Ein aschgrauer Hügel. Darüber stand eine Wolkensäule. Sie schien sich nicht zu bewegen. Windstill musste es dort sein.

18

Der Fuchs verfolgt eine Spur, bewegt sich flink und gierig. Er läuft im Zickzack in Richtung Gartenhaus. Jonas wagt kaum, den Kopf zu bewegen, zu blinzeln. Aber er will sehen, was sein Besucher macht. Oder ist der Fuchs hier womöglich heimischer als er? Der Fuchs lässt sich von seiner Schnauze führen. Es sieht aus wie ein Tanz. Er geht am Gartenhaus vorbei weiter zu den Tannen. Er findet den alten Komposthaufen. Rasch klettert er hinauf und beginnt zu scharren. Er scharrt und schmatzt. Jonas fragt sich, was es dort zu fressen gibt. Seit Jahren hat er nichts mehr auf den Komposthaufen geworfen. Alles Essbare sollte schon längst zu Erde geworden sein. Erst jetzt sieht Jonas, dass der Fuchs dünn ist. Richtiggehend abgemagert wirkt er. Und während er mit einer Pfote im Kompost scharrt, droht er seitlich umzukippen, so zittrig steht er auf seinen dünnen Beinen. Jonas denkt an den letzten Winter, der kälter und länger als üblich gewesen ist. Das ist ihm nicht aufgefallen, aber Juna hat es während ihren Besuchen erwähnt. Die Eiskristalle an den Fenstern hat er nicht als Zeichen dafür betrachtet.

Der Fuchs beisst sich an etwas fest. Er hält es mit beiden Pfoten. Er beisst es durch. Es fällt auseinander. Jonas hört ein Knacken, als wäre es in seinem Kopf.

19

Alice beugte sich über die Reling. Beobachtete, wie sich die Wellen schäumend am Bug des Schiffes brachen. Möwen jagten dicht über der weissen Gischt dahin. So einfach war es gewesen: In den Zug steigen und sich wegbringen lassen. Als Alice noch auf dem Balkon stand, hatte sie es sich schwieriger ausgemalt. Zu gehen war eigentlich nur ein Beschluss. Alles andere konnte sie dem Lokführer, dem Chauffeur und jetzt dem Kapitän überlassen. Aber der Entschluss hatte sie viel Kraft gekostet. Und den Weg, den sie Flucht nannte, musste sie alleine gehen. Sah man ihr an, dass sie kein Rückfahrtticket hatte? Im Zugfenster suchte sie nach ihrem Spiegelbild, fuhr sich durchs Haar, strich mit beiden Zeigefingern unter den Wimpern hindurch. Die Tusche bröckelte. Sah sie verzweifelt aus? Erleichtert? Den anderen Passagieren schien das egal zu sein. Alice war dankbar, dass sie niemanden kannte, dass sie keinem die Lüge von der Wanderung erzählen musste, dass keine mitleidigen Blicke mehr auf ihr ruhten. Die Blicke hatten sich in ihr eingebrannt, unter ihnen hatte sie sich krank gefühlt, sich selbst leidgetan. Hatte sie sich immer wieder gefragt: Wo ist in diesem Mitleid die Hoffnung?

Einige Menschen wären wohl erstaunt, wenn sie wüssten, dass nicht Gott ihr geholfen hatte. Den Glauben hatte sie schon längst verloren. Sie hatte sich nur immer darüber ausgeschwiegen, zu den vielen Ratschlägen genickt und dankbar gelächelt. Nicht einmal in ihrer schlimmsten Zeit hatte sie das Wort an

Gott gerichtet, kein einziges Mal. Gott hatte sie am Tag, als er ihr Kind sterben liess, enttäuscht. Gäbe es einen Gott, davon war sie überzeugt, hätte er das Kind aufgehalten, das Eis dicker gemacht. Das Kind gar nicht erst auf die Idee kommen lassen, das Eis zu betreten.

Froh war Alice, dass sie dem Fluss endlich entfliehen konnte. Dem Wasser, das so unschuldig zwischen den Brückenpfeilern hindurchströmte. Es trug Schiffe, rauschte und war grün, wenn es regnete. Es bewegte sich vorwärts, schlängelte sich wie ein Kriechtier. Es wurde bewundert für seine Schönheit, seine rasch wechselnden Farben, für seine Kraft. Niemand schien zu bemerken, dass dieser Fluss ein Mörder war. Hinterlistig hatte er das Kind verschluckt. Das Maul kaschiert mit einer Eisdecke. Hatte das Kind angelockt mit verschnörkelten Spuren, die an Ornamente erinnerten. Beinahe lautlos musste der Fluss ihren Sohn zu sich genommen haben.

20

An jenem Morgen hatte die Welt nicht anders ausgesehen, als in den acht Wochen davor. Es war eisig kalt, doch es lag kein Schnee. Im Brunnen auf dem Marktplatz hatte sich unter dem Wasserhahn eine Eispyramide gebildet. Die Bäume ragten starr in den Himmel. Die grauen Wolken schienen sich nie zu verschieben. Alles stand still und war gefroren. Selbst ein Nebenarm des Flusses, der die Kleinstadt behutsam in seine schmalen Arme nahm, war mit einer Eisschicht überzogen.

Alice sass auf der Treppe in der Eingangshalle ihres Hauses und sah zu, wie sich Etna und Finn anzogen. In der Daunenjacke mit dem roten Schal sah Etna aus wie ein Pilz. Ihre Beinchen steckten in den blauen Winterstiefeln, die sie sich zu Weihnachten gewünscht hatte. Etna hatte sie im Schaufenster des Schuhgeschäftes auf einem Stück Samt stehen sehen. Das Schuhgeschäft lag an ihrem Schulweg. Regelmässig drückte sie ihre Nase gegen die Schaufensterscheibe. Die Besitzerin trug von Oktober bis März Lederstiefel. Etna bewunderte sie. Seit ein paar Monaten wollte sie sich ihre Kleider und Schuhe in den Geschäften selbst aussuchen. Alice glaubte, dass sich Etna mit ihren dreizehn Jahren öfters in eine Jeans oder einen Stiefel verliebt hatte als in einen Jungen.

Finn schlüpfte in den Skianzug und hüpfte auf und ab, bis er richtig sass. Er schloss den Reissverschluss, und Etna setzte ihm die blaue Wollmütze auf. Dann stellte sie ihm die Winterschuhe vor die Füsse. Sie befahl ihm, sie anzuziehen. Etna erinnerte Alice an sie selbst. Finn kickte trotzig gegen die Schuhe, so dass sie durch die Eingangshalle flogen. Er wollte lieber die Turnschuhe anziehen, die er in der Schule zum Sportunterricht trug. Etna beugte sich zu ihm hinunter, nahm seinen Kopf in ihre Hände und drehte ihn zu sich. Sie war nun so dicht vor ihm, dass er ihren Atem riechen konnte. Etna flüsterte: Mein Bruder zieht die Winterschuhe an.

Alice lächelte. Manchmal erschien ihr ihre Tochter Etna erwachsener, als sie selbst es war. Alice konnte sich nicht entscheiden, ob ihr dieser Gedanke gefiel oder nicht.

Finn sammelte seufzend die Schuhe ein. Er liess seinen Kopf hängen. Etna erschien Alice um einige Zentimeter grösser. Finn setzte sich auf den Fussboden, schlüpfte in die Schuhe und wartete, bis Etna ihm die Schnürsenkel zu einer Schleife band. Etna kniete sich nieder, drückte mit dem Daumen ins Leder, um zu prüfen, ob der grosse Zeh die Schuhspitze berührte. Das hatte sie beim letzen Schuhkauf beobachtet.

Alice stand an der Tür, drückte Etna an sich und gab Finn einen Kuss auf die Stirn. Dann gingen die beiden los, aufgeregt vor Vorfreude auf den Besuch bei Juna. Sie hüpften die Stufen hinunter und lachten. Sie planten laut, was sie mit Juna spielen wollten. Etna und Juna waren Cousinen und beste Freundinnen. Für Alice waren sie wie Schwestern. Wenn sie sich trafen, kleideten sie sich im Partnerlook. Und auch wie sie sich bewegten, wie sie sprachen und wie sie lachten, liess an Zwillinge denken. Es schien, als wären sie am liebsten eine Person gewesen. Juna jedoch war blond und Etna dunkelhaarig. Diese Einheit, diese innige Einigkeit, wurde von Finn umwickelt und festgezurrt. Er war der Kleine, um den sich beide kümmerten, während er um ihre Aufmerksamkeit buhlte. Sie spielten Eltern.

Alice schaute Etna und Finn nach. Diesen Augenblick, diese Sekunde, bevor sie Hand in Hand hinter der Kurve verschwanden. Die blaue Wollmütze, der Skianzug. Das ausgeprägte Profil der Schuhsolen, das bei jedem Schritt eine Spur auf dem Schnee hinterliess. Alice konnte diese letzten Dinge nie mehr vergessen. Sie klammerte sich an ihnen fest, rief sie sich immer wieder vor Augen, starr vor Angst, dass sie irgendwann verblassen könnten.

Finn und Etna schlugen den Kiesweg ein, der zum Fluss hinunterführte. Sie suchten nach gefrorenen Pfützen, deren Eis noch nicht eingetreten war. Im Zickzack liefen sie den Weg ab, doch sie suchten vergeblich. Schon seit Wochen hatte es nicht mehr geregnet und auch nicht geschneit. Alle vereisten Pfützen hatten sie die letzten Male, als sie Juna besuchten, bereits eingetreten.

Später überquerten sie den Marktplatz und gingen zum Kiosk. Etna hatte noch ein Zweifrankenstück in ihrer Hosentasche. Alice und Jonas hatten ihnen verboten, zum Kiosk zu gehen. Etna öffnete die Tür, Finn schlüpfte unter ihrem Arm hindurch und steuerte auf das Regal mit den Süssigkeiten zu. Der

Kioskmann mit dem Bauch und dem Bart nickte, schob die halb zerdrückte Bierdose hinter einen Stapel Zeitschriften und stand von seinem Hocker auf.

Etna und Finn standen vor den durchsichtigen Plastikboxen und bewunderten die farbigen Gummitiere und -früchte. Etna zögerte nicht lange, sie stand auf die Zehenspitzen, öffnete die Box mit den grünroten Erdbeeren. Fünf zählte sie ab und legte sie in eine Papiertüte. Finn hatte sich unterdessen ebenfalls entschieden. Er streckte Etna drei grüne Frösche und zwei grosse Kaugummikugeln entgegen. Er schaute sie mit grossen Augen an. Etna konnte nicht Nein sagen. Der Kioskmann gab ihr ein Einfrankenstück zurück, ohne nachzuzählen. Er zwinkerte ihr zu, lächelte und entblösste dabei seine gelben Zähne. Erst jetzt nahm Etna einen unangenehmen Geruch wahr. Draussen versteckte Finn die Papiertüte in seinem Skianzug, rasch gingen sie über den Marktplatz zurück zum Fluss. Beide hatten Angst, dass jemand sie beobachtet hatte. Sie versuchten die Süssigkeiten für einen Moment zu vergessen. Etna hatte ein schlechtes Gewissen, hoffentlich fand Alice keine Zuckerspuren in den Taschen von Finns Skianzug.

Als Etna und Finn am Nebenarm des Flusses angelangt waren, setzten sie sich neben dem Schiffssteg hinter einem Gebüsch auf einen Stein am Ufer. Das Wasser war gefroren, Spuren durchzogen das Eis. Finn nahm die Papiertasche aus dem Skianzug, Etna zog die Handschuhe aus und verteilte die Süssigkeiten. Schweigend verschlangen sie die farbigen Tiere und Früchte und schauten auf den gefrorenen Fluss. Die Kälte kroch unter Etnas Kleider. Sie prüfte, ob sie den Reissverschluss ganz nach oben gezogen hatte, richtete das Halstuch, zog die Mütze ins Gesicht und rieb sich die Hände.

Finn zeigte auf die Spuren im Eis, sagte: Das sind Fussspuren, dort ist jemand über das Eis spaziert. Können wir hier Schlittschuh laufen?

Etna schüttelte den Kopf. Nein, das ist zu gefährlich. Das sind keine Fussspuren, sagte sie und stand ruckartig auf. Komm wir gehen, Juna wartet sicher schon auf uns.

Sie zwängte sich durch das Gebüsch. Sie hatte keine Lust, sich mit Finn zu streiten.

Er blieb sitzen und liess seinen Blick über das Eis gleiten, folgte den Spuren. In seinen Füssen kribbelte es. Er war sicher, dass es Fussspuren waren.

Es war, als würden sich Finns Füsse selbständig machen, als würde nur sein Körper gehen und ein Teil von ihm auf dem Stein sitzen bleiben.

Hastig kletterte er bis zum Fluss, zögerte und blickte zurück. Etna war durch das Gebüsch hindurch kaum zu erkennen, nur ihr roter Schal leuchtete durch die Äste. Sicherlich trat sie ungeduldig von einem Fuss auf den anderen. Die Sonne blitzte auf dem Eis, Finn kniff die Augen zusammen. Dann betrat er vorsichtig den Fluss. Das Eis knackte und knirschte unter seinen Füssen. Kleine Risse bildeten sich bei jedem Schritt, frassen sich zueinander, wurden rasch zu einem Netz, das grösser und grösser wurde. Finn versuchte, schneller zu gehen, das Knacken wurde lauter. Seine Schritte wurden grösser, er wollte Etna vom anderen Ufer aus zuwinken. Er rutschte aus, und krachte auf das Eis, das knirschend einbrach. Er sank ins Wasser. Kälte griff nach ihm, stach in seine Haut. Erschrocken griff er um sich, begann zu strampeln. Schuhe und Skianzug sogen sich voll Wasser, wurden schwer und schwerer und zogen ihn nach unten. Eis umgab ihn, er griff danach, versuchte sich daran festzuhalten, tauchte unter, hielt die Luft an. Er strampelte weiter, um das Wasser unter sich wegzudrücken. Sein Atem ging schnell, er kämpfte um Luft, sein Herz raste. Er begann zu schwimmen, kam aber nicht voran. Alles in ihm schien sich wegen der Kälte zusammenzuziehen, er schlotterte, die Kraft verliess ihn.

Etna rief nach ihm, aber er verstand nicht, was sie rief. Als würde ihre Stimme vom Wind weggetragen. In seinen Ohren rauschte und gluckste es. Das Ufer erschien ihm unerreichbar weit weg. Er sah Etna in Richtung Ufer klettern. Er wollte sie herbeiwinken, aber seine Arme gehorchten ihm nicht. Sein Kopf tauchte unter, er schnappte nach Luft, schluckte Wasser. Verzweifelt versuchte er sich auf den Rücken zu drehen und nach Luft zu schnappen. Er hustete. Tauchte auf und tauchte wieder unter. Die Haare klebten ihm im Gesicht, er konnte nichts sehen, wusste nicht, wo oben war, sank tiefer ins dunkle Wasser und spürte eine grosse, schöne Müdigkeit. Er hörte auf zu kämpfen. Finn schloss die Augen. Es wurde still.

Etna stand erstarrt am Flussufer. Finn tauchte nicht wieder auf, nichts von ihm war zu sehen, nichts zu hören. Es schien, als wäre nichts geschehen. Nur das Loch und die Risse in der Eisschicht, die sich wie ein Spinnennetz über die Fläche ausgebreitet hatten, waren da. An der Stelle, an welcher Etna Finn zum letzten Mal auftauchen gesehen hatte, schwammen im dunklen Wasser einzelne Eisbrocken. Etna machte einen Schritt auf das Eis. Es brach unter ihrem Fuss, und er tauchte ins eiskalte Wasser ein. Erschrocken zog sie ihn heraus und stolperte ans Ufer zurück. Schaute auf die eisige Oberfläche, von Finn war nichts zu sehen. Dann kletterte sie die Böschung hinauf, riss sich an einem Stein die Hose auf und schlug sich das Knie blutig. Sie achtete nicht darauf. Bevor sie sich durch die Büsche zwängte, schaute sie noch ein letztes Mal aufs Eis zurück. Finn, schrie sie, Finn, nein.

Als Etna oben auf dem Kiesweg angelangt war, begann sie zu

rennen. Sie rannte, ohne sich umzuschauen, ohne anzuhalten. Vor ihren Augen sah sie immer wieder Finn. Er tauchte auf, schnappte nach Luft, hustete, tauchte erneut unter und nicht wieder auf. Und in den Ohren hörte sie die unerträgliche Stille danach. Als wären alle Geräusche zusammen mit Finn verschluckt worden.

Vor Etnas Mund bildeten sich Atemwolken, ihre Beine rannten von selbst. Erst als sie vor dem Schaufenster der Metzgerei ihres Onkels stand, blieb sie stehen. Im Laden war niemand. Sie atmete schwer, ihr war übel, und sie fühlte sich leer im Kopf. Sie setzte sich auf die unterste Treppenstufe vor dem Eingang. Plötzlich spürte sie den stechenden Schmerz im Knie. Wieder sah sie Finn vor sich. In ihren Ohren schien die Stille zu explodieren.

Mechanisch stand Etna auf, öffnete die Tür und betrat die Metzgerei. Sie blieb vor der Theke stehen, schaute auf die gekühlten Fleischstücke. Dann sah sie die Fische auf dem Eis liegen, ihre glasigen Augen. In ihren Ohren sirrte es. Ein Schrei entfuhr ihr, sie konnte ihn nicht stoppen, es schrie aus ihr heraus. Einen gewaltigen Druck spürte sie in ihrer Brust, der sich in den Hals zwängte, die Kehle hoch. Sie stampfte auf den Boden, hämmerte gegen die Theke. Die glasigen Augen starrten sie an.

Etna, sagte Paul und rannte auf sie zu, die Schwingtür schwappte hinter ihm auf und zu. Er packte sie und hielt sie fest. Er versuchte sie zu umarmen.

Was ist passiert?, fragte er.

Etna spürte, wie die Plastikschürze ihres Onkels an ihrem Gesicht klebte. Sie verstummte. Erst jetzt nahm sie den Fleischgeruch wahr, die feuchte Luft. Sie wand sich aus seinen Armen, hatte noch immer das Gefühl, zu ersticken.

Was ist passiert?, fragte Paul erneut.

Etna schaute zu ihm hoch, sie musste etwas tun. Finn ist im

Eis eingebrochen. Er liegt im Fluss, antwortete sie und wischte sich über die Augen.

Nein, sagte Paul, wo?

Beim Schiffssteg.

Paul rannte in den hinteren Raum der Metzgerei. Sie hörte, wie er nach Hanna rief, wie er aufgeregt telefonierte. Die Tür schwappte auf und zu. Etna setzte sich auf den kalten Fussboden. Dann kam Paul zurück in den Laden, eine Daunenjacke unter dem Arm.

Bleib du erst einmal hier, sagte er zu ihr, bevor er die Tür hinter sich schloss und losrannte.

Etna lehnte sich gegen die Theke, unfähig aufzustehen, obwohl sie doch etwas tun wollte, irgendetwas, um Finn zu helfen. Sie wollte nicht glauben, dass er draussen im eiskalten Wasser lag. Die Kühlung der Theke surrte. Hanna murmelte im Nebenraum ins Telefon, oder weinte sie? Etna starrte auf ihr Knie, riss die Hose an der kaputten Stelle weiter auf, kratzte das getrocknete Blut um die Wunde herum weg und folgte mit ihrem Blick den Linien auf dem Plattenboden der Metzgerei. Sah den gefrorenen Nebenarm des Flusses vor sich, die spinnennetzartigen Risse, die Eisbrocken, das Wasser, das sich auf der Fläche auszubreiten begann.

Juna setzte sich neben Etna, nahm ihre Hand. Sie wartete mit ihr auf das, was kommen würde. Sie schwieg, und das Geräusch ihres Atems war tröstlich.

Auch Tage später sah die Welt nicht anders aus. Es war eisig kalt, doch es lag kein Schnee. Auf dem Marktplatz hatte sich unter dem Wasserhahn eine noch grössere Eispyramide gebildet. Die Bäume ragten starr in den Himmel, als warteten sie auf eine Umarmung. Die grauen Wolken schienen sich über Nacht kaum verschoben zu haben. Alles stand still und war gefroren. Und wie jeden Morgen zuvor zerschlug sich Etnas Hoffnung, dass alles nur ein Alptraum gewesen war, von Neuem. Draussen schien jemand diesen Tag, den Etna nur noch vergessen wollte, aufbewahren zu wollen. Und im Haus liefen ständig dunkel gekleidete Leute geduckt herum. Sie murmelten und hielten sich Taschentücher vors Gesicht. Sobald sie Etna erblickten, verstummten sie und wichen ihr aus. Und Etna fühlte sich noch einsamer.

An jenem Tag, der den anderen zuvor wie ein Zwilling glich, sollte Finn beerdigt werden. Etna konnte sich nicht mehr in ihrem Zimmer einschliessen. Am liebsten hätte sie diesen Tag verschlafen. Aber das ging nicht. Hanna zwängte sie in einen dunkelblauen Wollpullover, den Etna noch nie gesehen hatte. Später schnürte ihr Hanna die Lackschuhe. Etna wollte nicht schön sein für diesen Tag. Dann sass sie neben Juna und Hanna im Auto. Paul hatte das Radio eingeschaltet und fuhr viel zu langsam.

Etna sass in der Kirche neben ihrer Mutter. Sie hatte sie in den letzten Tagen kaum gesehen. Ihre Haut schien durchsichtig. Etna suchte vergeblich ihre Augen. In der Kirche roch es wie in einer Felsspalte. Etna hörte das Klacken der Absätze auf dem Steinfussboden und das Flüstern in den hinteren Sitzreihen. Sie stellte sich vor, dass Vögel hinter ihr sassen. Dass das Flüstern das Rascheln ihrer Flügel war. Dann blies die Orgel durch ihre riesigen Pfeifen und erfüllte die Kirche mit einer dröhnend traurigen Melodie. Etna und ihre Mutter zuckten gleichzeitig zusammen.

Je länger die Orgel spielte, desto deutlicher hörte Etna das unerträgliche Knacken des Eises heraus. Verzweifelt hielt sie sich die Ohren zu, aber so wurde es nur noch lauter. Sie spürte den eisigen Wind an ihren Wangen, die Kälte frass sich immer weiter in sie hinein. Ihre Füsse waren bereits kalt und steif. Etna sass reglos. Das Eis sollte, nein, musste sie erfassen. Sobald sie vollständig in Eis gehüllt wäre, würde sie nichts mehr fühlen. Und auch das sich immer weiter ausbreitende Knacken würde verschwinden. Ein Knall ertönte. Etna wusste erst nicht, ob er aus ihrem Innern kam. Dann sah sie, wie ihre Mutter das Kirchengesangbuch vom Boden aufhob. Der Pfarrer sprach auf der Kanzel und breitete die Arme aus. Etna hörte nicht, was er sagte. Sie sah nur, wie sein Mund auf- und zuklappte. Zum Gebet standen alle auf und falteten die Hände. Etna verstand nicht, wobei Beten in dieser Situation helfen sollte. Warum sass sie hier? Hätte sie Finn zurückgehalten, wären sie jetzt nicht in der Kirche. Etna wollte aufstehen und schreien: Ich bin schuld. Aber das Knacken in ihrem Kopf übertönte ihre Stimme. Und Etna sah Finns Gesicht ganz nah vor sich. Sah den Leberfleck unter seinem linken Auge. Er schaute sie an, als wollte er ihr etwas sagen. Etna spürte, wie er ihr die Hand auf die Schulter legte. Als sie ihre Hand auf die seine legte, bemerkte sie, dass es die Hand ihres Vaters war. Er sass neben ihr auf der Kirchenbank. Etna schaute sich um und sah, wie die letzten Trauergäste durch die Tür verschwanden. Sie war allein mit ihm.

Auf die Beerdigung folgte eine scheinbar unendliche Aneinanderreihung von Tagen, an denen die Welt ihrer Monotonie treu blieb. Es war eisig kalt. Immer noch lag kein Schnee, der die Eisfläche auf dem Fluss und das Netz der Narben zugedeckt hätte. Von ihrem Zimmerfenster aus beobachtete Etna, wie sich die Wolken verformten. Mit jedem Tag, der verging, leerte sich das Haus. Und auch die Nachbarn klingelten nicht mehr unter einem Vorwand.

    Die Bäume im Garten ragten als Skelette in den Himmel. Die graue Wolkendecke hatte sich über Nacht kaum verschoben.

Alles schien stillzustehen, nur das Licht wechselte von hell zu dunkel und wieder zurück.

An einem Nachmittag im März begann es zu regnen. Am nächsten Morgen ging Etna wieder zur Schule. Sie setzte sich an ihren Platz neben Juna, schlug das Heft auf, spitzte ihre Bleistifte. Es war anstrengend, die Blicke der anderen Kinder zu ignorieren. Dem Lehrer schaute sie gar nicht erst in die Augen. In der Pause zog sie sich die Mütze ins Gesicht und über die Ohren. Sie hoffte, das Tuscheln, das sie durch den endlos langen Schulhauskorridor begleitete, nicht mehr zu hören. Auf dem Pausenhof machte sie einen Bogen um das Gebäude des Kindergartens, während sie Junas Wurstbrötchen ass. Wenn sich ihr Blick doch zum Kindergarten verirrte, versuchte sie sich einzureden, dass die Frau hinter dem erleuchteten Fenster ihre Mutter sei und Finn wohlbehütet im Kreis der Kinder sitze. Weil Etna keine Fragen beantworten wollte, redete sie mit niemandem. Nur die Nähe von Juna ertrug sie.

Nach dem Unterricht hatte Etna freiwillig die Wandtafel geputzt und die Pflanzen im Schulzimmer gegossen. Als sie schliesslich aus der Tür trat, war der Schulhof leer. Es hatte aufgehört zu regnen. Der gelbe Anstrich der Kantine war grau. Beim Fahrradständer lag ein roter Handschuh auf dem Asphalt. Etna stellte sich vor, es sei eine blutüberströmte Hand. Unter dem Gepäckträger ihres Fahrrads klemmte eine Krähenfeder. Etna fuhr im Schneckentempo los. Beim Brunnen am Marktplatz bremste sie und stieg vom Fahrrad. Die Eiszapfen waren verschwunden, Moos wuchs die Säule hoch. Das Brunnenwasser plätscherte, wie es immer geplätschert hatte. Etna hasste das Wasser für seine Gleichgültigkeit. Im Kiosk brannte Licht, als sei keine Zeit vergangen.

Niemand beobachtete sie dabei, wie sie zur Stelle am Fluss fuhr. Sie stellte das Fahrrad hinter das Gebüsch und setzte sich auf den Stein. Das Wasser floss gemächlich und geräuschlos an ihr vorbei. Der Fluss hätte auch ein See sein können. Der Frühling war da, trotzdem fror Etna.

Die Sonne blitzte giftig auf dem Eis. Finn betrat vorsichtig den gefrorenen Fluss. Es knackte und knirschte unter seinen Füssen. Kleine Risse bildeten sich bei jedem Schritt, wurden zu einem immer grösseren Netz. Finn lief schneller, das Knacken wurde lauter. Finns Schritte wurden grösser, er rutschte, landete auf dem Eis, das krachend brach. Er sank ins Wasser, fing an zu strampeln und griff um sich. Er tauchte unter, tauchte auf, tauchte unter, tauchte auf, tauchte unter. Und Etna sah tatenlos zu.

Etna hörte sich schreien, wie sie damals geschrien hatte. Nichts anderes hatte sie tun können. Nur schreien. So schrie sie auch jetzt gegen das laute Knacken in ihren Ohren und die unschuldige Wasserfläche an.

Zu Hause angelangt, erwartete sie Leere hinter der schweren Haustür. Etna glaubte, das Echo der Stille in der Eingangshalle zu hören. Sie blickte nach oben zur Galerie, wollte *Hallo* rufen, so wie sie es früher immer getan hatte. Aber alle Zimmertüren waren geschlossen. Das Knarren der Treppe unter ihren Füssen war ungewöhnlich laut. Etna fand ihren Vater über den Schreibtisch gebeugt im Büro. Skizzen lagen herum, daneben türmte sich Papier.

Eines Tages werde ich kein Schreiner mehr sein, sondern Architekt, hatte er immer wieder mit Stolz verkündet. Das sind alles meine Projekte. Eine ganze Stadt werde ich dann bauen. Sein Wunsch Architekt zu sein, war überall in seinem Büro sichtbar. Auf den Regalen, die an den Wänden des Zimmers angebracht waren und einzig das Fenster aussparten, standen Platten mit aufgeklebten Modellbauten. Glänzende Spielzeughäuser, die Etna und Finn nicht berühren durften. Der Vater hütete sie wie einen Schatz. Früher, wenn er in der Werkstatt gewesen war, hatte die Mutter sie manchmal heimlich vom Regal genommen und in der Küche auf den Tisch gestellt. Zu dritt hatten sie schweigend darum herumgesessen. Nur zögerlich hatten Finn und Etna ihre Spielfiguren auf das Grundstück gesetzt. Etna hoffte, dass ihr Vater bald wieder in der Werkstatt arbeiten würde.

Die Mutter sass noch immer im Dunkeln in Finns Zimmer. Seit Wochen dasselbe Bild. Reglos und stumm starrte sie ins Leere. Die Haare hingen ihr ins Gesicht. Die violetten Vorhänge waren zugezogen. Es roch nach Büchsenmais und Schweiss. Auf dem Schreibtisch stand noch immer der Teller mit den zwei Brotscheiben und der Banane. Nur die Brotrinde fehlte. Die Mutter schien Etna nicht wahrzunehmen. Nur der Lichtstrahl, der durch die geöffnete Tür in den Raum fiel, liess sie blinzeln.

Nichts darf im Zimmer verändert werden. Das war das Letzte gewesen, was sie gesagt hatte, bevor sie verstummt war. Etna kam es vor, als wäre ihre Mutter toter als Finn.

In der Schule vergingen die Tage schneller, und bald nahm niemand mehr besonders Rücksicht auf sie. Als wäre nichts geschehen, ging sie wieder jeden Tag hin. Einzig den Schulweg legte sie nicht mehr zu Fuss zurück. Mit dem Fahrrad pedalte sie in rasantem Tempo durchs Quartier. So schnell, dass sie nicht nachdenken konnte.

Die Mutter hatte sich in der Zwischenzeit in Finns Zimmer eingerichtet. Trotzdem sah es immer noch aus, als habe er gerade die Tür hinter sich zugezogen.

Etna konnte sich nicht vorstellen, wie die Mutter im Kinderbett schlafen konnte. Zu einer Schlaflosen war sie geworden, fremd und welk sah sie aus. Wenn Etna mitten in der Nacht erwachte, weil das Knacken des Eises in ihren Träumen unerträglich laut geworden war, hörte sie die Schritte der Mutter auf der Galerie. Auch die Verriegelung der Balkontür hörte sie auf- und zugehen. Etna stellte sich vor, wie sich die Mutter im Nachthemd über die Brüstung lehnte und überlegte, zu springen. Aber die Mutter trug kein Nachthemd. Sie hatte sich in ein altes T-Shirt von Finn gezwängt. Diese Szene verfolgte Etna bis in den Schlaf, den sie nur selten fand.

Bis in die Hitze des Sommers hinein unterschieden sich die Werktage kaum vom Wochenende. Stille. Die Lampe an ihrer Zimmerdecke blieb als einzige eingeschaltet. Alle anderen schaltete der Vater aus. Ansonsten sass er stets gebeugt an seinem Schreibtisch. Die Mutter sass stumm in Finns Zimmer. Die violetten Vorhänge waren geschlossen. Kurz nach dem Mittag kam Hanna mit dem vorgekochten Essen und den Einkäufen vorbei. All die Früchte, die unberührt in der Küche lagen und mit der Zeit ihre Farben verloren. Der süsslich faule Geruch verdarb Etna den letzten Rest ihres Appetits. Sie fragte sich, warum Hanna immer wieder neue Früchte brachte und die angefaulten liegen liess.

Vier Jahre später warf Etna ihre Schultasche aufs Bett und liess die Zimmertür hinter sich ins Schloss fallen. Der letzte Schultag war vorbei. Die Mutter seit einer Woche wieder zu Hause. Etna hatte aufgehört, ihre Klinikaufenthalte der vergangenen Jahre zu zählen. Vier lange Wochen Ferien bis zum Beginn ihrer Ausbildung lagen vor Etna. Sie wünschte sich die Stille ins Haus zurück. Die Mutter brachte alles durcheinander. War unberechenbar und launisch. Und der Vater war wieder angespannt und kam seltener nach Hause. Deshalb kümmerte sich Etna um die Mutter. Zeit für sich hatte sie kaum mehr. Versuchte, das Haus und den Garten in Ordnung zu halten.

Etna wollte ihre Schultasche ausräumen, als die Mutter in ihr Zimmer trat. In den Händen trug sie zwei prall gefüllte Plastiktüten, die sie Etna mit den Worten: Ich habe aufgeräumt, entgegenstreckte.

Etna genügte ein Blick in die erste Tüte, um zu sehen, dass es Fotos von Finn waren. Fotos ihrer gemeinsamen Zeit. Das Grün des Flusses leuchtete. Die Kirschbäume im Garten. Finn und Etna. Finn in Mutters Armen. Finn mit dem Vater im Sandkasten. Etna erwog, der Mutter die Tüten zurückzugeben, um nicht mehr an den Inhalt denken zu müssen. Aber als Etna aufschaute, war die Mutter verschwunden. Lautlos. Etna wusste nicht, ob sie dieses Verhalten der Krankheit oder der Mutter zuschreiben sollte.

Etna setzte sich auf den Boden. Liess die Fotos aus den Tüten regnen. Wahllos hatte die Mutter die Jahre mit Finn in die Plastiktüten einer Supermarktkette gesteckt. Ein Schatten hatte sich auf die Fotos gelegt. Und doch war Etna erleichtert, dass die Mutter die Fotos nicht weggeworfen hatte. Nun aber hatte sie die Erinnerungen Etna auferlegt. Sie wollte die Mutter anschreien: So warst du schon immer. Wartest alles ab. Redest nicht, worüber geredet werden muss. Du weichst mir immer aus. Aber Etna blieb sitzen, inmitten der Fotos.

Die Mutter hatte Erinnerungen über die Türschwelle getragen und bei ihr abgeladen. Sichtbar. Unausweichlich. Die Mutter sprach nie über die Zeit vor Finns Tod. Aber auch kaum über das, was danach geschehen war. Seit Neustem hatte sie begonnen, über Dinge zu reden, die sich vor Finns Geburt ereignet hatten. Manchmal brach es regelrecht aus ihr heraus. Dann erzählte sie, wie sie bei Jonas eine Bratwurst gekauft und ihn so kennengelernt hatte. Erzählte von der Zeit, als Jonas in der Metzgerei gearbeitet hatte. Wie sie in einer Nacht alles stehen und liegen gelassen und in diesem Haus ihr Zuhause gefunden hatten. Ihre Worte unterstrich sie mit Gesten. Abrupt brach sie die Erzählungen ab. Schwieg. Zog sich erneut zurück. Und verschwand in ihrer Welt.

Etna versuchte, die Fotos zu ordnen. Finns Abbild konnte sie kaum betrachten. Sie schaute eher daran vorbei. Aber auch aus dem Augenwinkel sah sie den Leberfleck unter seinem linken Auge. Das Gefühl ihrer Hilflosigkeit war sofort wieder da, und die Szenerie baute sich unweigerlich vor ihr auf: Der gefrorene Fluss. Die Spuren auf dem Eis. Das Knacken und das Knirschen unter seinen Füssen. Die kleinen Risse, die sich bei jedem Schritt bildeten. Die sich zueinander durchfrassen, zu einem immer grösseren Netz wurden. Finn, der versuchte, schneller zu gehen, derweil das Knacken lauter und lauter wurde. Seine Schritte grösser. Finn, der rutschte, auf dem Eis landete, das knackend einbrach. Finn, der im Wasser versank. Etna sah ihn zwischen den Eisbrocken zappeln und strampeln. Etna schrie: Schwimm! Hör nicht auf zu schwimmen! Ich helfe dir!

Etna kletterte über die Steine ans Ufer hinunter. Finns Kopf tauchte unter die Wasseroberfläche. Er tauchte wieder auf, hustete. Etna setzte einen Fuss auf das Eis. Risse bildeten sich unter ihr. Finns Kopf war schon wieder unter Wasser. Etna musste etwas unternehmen. Wusste nicht was. Nicht wie. Finn hustete. Tauchte auf und tauchte wieder unter. Verzweifelt versuchte Etna, in seine Richtung zu gehen. Doch sie konnte nichts tun. Nur zusehen.

Dieses Gefühl würde sie nie vergessen können. Die Fotos machten alles noch schlimmer. Etna weinte. Griff wahllos zu. Warf die Fotos in die Plastiktüten. Verstaute sie unter ihrem Bett. Irgendwann würde sie die Fotos vielleicht ertragen können. Und sie ordnen.

Etna konnte sich nicht mehr daran erinnern, wann sie aufgehört hatte, Farben zu tragen. Mit der Zeit waren die bunten Kleider aus ihrem Schrank verschwunden, und elegantes Schwarz hatte sich ausgebreitet. Wie die Mutter trug sie eine Uniform. Noch immer konnte diese sich nicht von Finns Kleidern trennen. Schlief in seinen Sportklamotten. Sah lächerlich darin aus. Verschloss sich hinter den violetten Vorhängen. Etna hasste diese Farbe.

Nach einem der vielen Klinikaufenthalte der Mutter schlug Etna ihr vor, das Haus zu verkaufen. Anschliessend könnten sie wegziehen. Alles hinter sich lassen. Den Ort, den Fluss verlassen.

Aber die Mutter schüttelte den Kopf: Auf keinen Fall werden wir weggehen. Wir bleiben. Das ist unser Zuhause. Eines Tages gehört das Haus dir. Hier ist das Kind begraben.

Seit dem Unglück sprach die Mutter nur vom Kind. Etna war es erst nicht aufgefallen, dass sie Finns Namen nicht mehr aussprach.

Etna hatte gehofft, die Mutter würde einwilligen wegzuziehen. Und so endlich wieder gesund werden. Sie wären wieder zu dritt gewesen. Eine Familie. Weit weg wären sie gewesen von Finns Tod und Hanna. Der Frau, die versuchte, den Platz der Mutter einzunehmen. Vater mochte lieber eine Frau, die Krebs hatte als eine mit Depressionen. Am Anfang hatte der Vater behauptet, er wolle Hanna nur helfen, mit ihr reden, sie trösten. Er hatte sich noch bemüht, es zu verheimlichen. Etna hatte gehofft, es würde vorbeigehen. Hatte ihn trotzdem regelmässig in seiner Werkstatt besucht. Aber es hatte nicht aufgehört. Es war noch schlimmer geworden. Hanna ging es schlechter, und ihr Vater lud sie nun ständig zu sich ein. Er kümmerte sich um sie. Pflegte sie und nicht die Mutter. Hanna blieb über Nacht. Was Paul und Juna davon hielten, wollte Etna sich gar nicht erst ausmalen.

Der Vater besuchte die Mutter nur noch selten in der Klinik. Und Etna beobachtete das Geschehen aus der Ferne. Sie gehörte nicht mehr dazu. Der Vater liebkoste nun Hanna. Etna drückte er ab und zu einen Kuss auf die Stirne. Flüchtig. Im Vorbeigehen.

21

Jonas möchte einen Schritt nach vorn machen, aus dem Türrahmen auf den Sitzplatz hinaustreten. Er will die Hand nach dem Fuchs ausstrecken. Ihm über das struppige Fell streichen. Ja, vielleicht mit ihm sprechen. Aber Jonas bleibt reglos stehen. Er atmet leise. Der Fuchs glaubt, dass ich ein Bestandteil des Bauwerks dieses Hauses bin. Ein Stück Mauer, ein Gemälde, eine Fensterscheibe. Riecht mich der Fuchs denn nicht? Füchse sollen eine besonders gute Nase haben. Oder habe ich bereits den Geruch des Hauses angenommen? Rieche ich nicht mehr nach Mensch? Jonas lässt den Fuchs nicht aus den Augen.

Jonas beginnt, an sich zu riechen. Seine Kleidung riecht nur nach Waschpulver. Die Haut seiner Arme riecht nach nichts. In seinen Händen ist eine Ahnung des Lacks vom Morgen übrig geblieben. Jonas hat den Küchentisch abgeschliffen und lackiert. Juna hatte am Vortag eine Bemerkung über die zahllosen Kratzer in der Tischplatte gemacht. Jonas will, dass Juna nächste Woche wieder bei ihm am Küchentisch sitzt und Kaffee trinkt. So, wie Etna und er das früher immer getan hatten. Jeden Morgen sassen sie zusammen, auch als die Familie auseinanderfiel. Sie bildeten die Einheit, den tragenden Balken. Das Haus konnte nicht einstürzen. Seine Tochter Etna sorgte für Ordnung, wenn er den Überblick verlor. Etna, die er und Alice nach dem Vulkan auf Sizilien benannt hatten. Etna, sein kleines Mädchen, spuckte kein Feuer. Ihr Name bedeutete die mutige Edle, der Samenkern, das Vergnügen, die Wonne, die Lieblichkeit, die Lust, das Entzücken und die Zierde. Und so nannte Jonas sie auch. Er rezitierte die Bedeutungen immer wieder, wie ein Gedicht.

Sein kleines Mädchen hat das Haus als Frau verlassen. Eine Frau, in der er sein Mädchen nicht finden konnte. Etna hat sich als Kind oft auf seinem Schoss zusammengerollt und geweint. Sie hat häufig geweint. Verletzlich und feingliedrig war sie. Jonas hätte ihr gerne eine Haut geschenkt. Aus dem kleinen Mädchen Etna ist die Frau Etna geworden. Aber sie ist eine Hautlose geblieben.

Jonas denkt: Wenn ich Teil dieses Hauses bin, wenn der Fuchs glaubt, dass ich ein Stück Mauer, ein Gemälde, eine Fensterscheibe bin, will ich im August, wenn die Bagger auffahren und eine Mauer nach der anderen krachend zu Boden geht, nicht mehr hier sein.

22

Alice stand an Deck der Fähre und überlegte, was Etna wohl gerade tat und ob sie bereits nach ihr suchte. Das Meer breitete sich wie Chiffon vor ihr aus. Die Inselgruppe ragte aus dem Blau. Ihr Ziel sah sie nun vor sich. Das Städtchen, das sich an den mächtigen Felsen schmiegte, war immer deutlicher zu sehen, je näher die Fähre ihm kam. Aus dem verschwommenen schmalen Band kristallisierten sich allmählich verschachtelte Häuser heraus. Auf der vorgelagerten Insel dominierte der Vulkan. Sein oberer Teil war nackt bis zum Gipfel hinauf. Weiter unten umgab ihn ein grüner Teppich. Alt und neugeboren schien der Vulkan in sich zu vereinen.

Alice wandte ihren Blick wieder der kleinen Stadt zu. Von Weitem sah alles immer noch so aus, wie sie es vor fünfunddreissig Jahren zurückgelassen hatte. Kleine aneinandergereihte, farbige Häuser, enge Gassen. Eine Mischung aus Dorf und Stadt. Der Hafen war grösser geworden, und zahlreiche Schiffe warteten auf Touristen, um sie von einer Insel zur nächsten zu bringen. Das Städtchen hatte seine Fühler in die Hügel hinauf gestreckt. In den trockenen Wiesen standen weisse Häuser mit grossen Terrassen. Neben dem Hafen thronten auf dem Felsen die wuchtige Burg und, von Mauern umgeben, die alles überragende Kathedrale, als wäre keine Zeit vergangen.

Ein Schwarm von Menschen ergoss sich aus der Fähre auf den kleinen Hafenplatz. Alice liess sich von der Menge mittragen. Sie war froh, keinen Koffer schleppen zu müssen, der Rucksack wärmte ihr den Rücken und bewegte sich bei jedem Schritt mit. In ihm hatte sie die Dinge verstaut, die sie nicht zurücklassen wollte und konnte. Er war mit ihr verreist, sie hatte im Zug ihren Kopf an ihn gelehnt. Im Schlaf hatte sie ihren Rucksack umarmt. Gab es keine Bank, hatte sie sich auf ihn gesetzt. Er gab ihr das Gefühl, dass noch jemand da sei.

Zum Glück wusste niemand, was in ihrem Kopf vor sich ging. Zum Glück waren ihre Gedanken vom Schädelknochen ummantelt und in Sicherheit.

23

Der Fuchs verschwindet zwischen den Hecken. Immer noch scheint er nach etwas Essbarem zu suchen. Jonas geht durch das hohe Gras. Es streift seinen nackten Beinen entlang. Es ist feucht von der Nacht und hinterlässt auf seiner Haut eine Spur. Jonas steigt über die Brombeerzweige. Oder sind es Himbeerzweige?

Das macht keinen Unterschied in seinem Dschungel. Beim Komposthaufen ist nichts mehr zu sehen. Kein Knochen, keine Resten.

Jonas gräbt seine Hände in die warme, feuchte Komposterde. Fliegen schwärmen auf. Er tastet sich vorwärts, zerdrückt kleine Klumpen. Er hat das Gefühl, er berühre den Körper eines Menschen. Er gräbt seine Hände tiefer, sieht Alice vor sich liegen. Ihre traurige Schönheit, die fast durchsichtige Haut. Er legt sich neben sie. Er spürt ihren warmen Körper, ihren Atem an seinem Rücken. Jonas kann nicht weinen.

Als Jonas erwacht, hat sich bereits der Schleier der Dunkelheit über den Dschungel gelegt. Er dreht sich auf den Rücken. Tastet über den Komposthaufen nach Alice. Aber da ist nichts, niemand. Eben ist sie noch da gewesen. Die Wärme ihres Körpers, ihren Atem, alles hat sie mitgenommen. Die Komposterde juckt an seinem Rücken. Krümel stechen und kratzen.

Oder sind es krabbelnde Tiere? Die Komposterde bewegt sich, sobald er sich bewegt. Sie bewegt sich in eine andere Richtung. Nichts an ihr erinnert ihn mehr an einen Körper. Jonas versucht aufzustehen. Aber seine Glieder gehorchen ihm nicht. Die Finger sind klamm. Er setzt sich ruckartig auf. Schaut zum Haus. Es brennt kein Licht hinter den Fensterscheiben. Und der Fuchs? Schläft er, oder beobachtet er ihn aus der Dunkelheit heraus?

24

Wie soll ich in diesem Durcheinander Sandro finden, fragte sich Alice. Mehr als zehn Jahre hatten sie sich nicht gesehen. In seiner Stimme hatte Alice kein Erstaunen heraushören können, als sie ihn vor fünf Tagen zum ersten Mal angerufen hatte. Nach zwei Stichworten hatte er gewusst, wer sie war. Ohne zu zögern, hatte er ihr den Vorschlag gemacht, ihn auf seiner Insel zu besuchen. Im Schrebergarten hatte er damals die schwarze Schirmmütze aufgesetzt gehabt, die sie nun als Erkennungszeichen trug. Eine Sonnenbrille hatte im obersten Knopfloch seines Hemdes gesteckt. Die Ärmel hatte er nach oben gekrempelt, seine Hände in die Hosentasche gesteckt, das Becken leicht nach vorn geschoben. Sie erinnerte sich, dass sie gedacht hatte, dass er in seinem Hemd und der beigen, kurzen Hose nicht aussah, als ob er vorhabe, im Garten zu arbeiten. Die erste und bisher einzige Begegnung im Schrebergarten hatte sich in ihrer Erinnerung eingebrannt. Jetzt wartete er irgendwo im Gewimmel mit seinem Auto auf sie.

Alice versuchte, jedem Einzelnen ins Gesicht zu schauen, auf der Suche nach dem Augenpaar, das sie deutlich vor sich sah. Er werde sie finden, hatte Sandro am Telefon gemeint. Alice war es ein Rätsel, wie er das anstellen wollte. So viele Menschen und Geräusche, ein Tanz auf dem Hafenboden, ein Tanz in der Luft. Ein Geschnatter, als wäre ein Vogelschwarm gelandet und würde sich über einen Brotkrümelteppich hermachen. Alice ging nicht weiter, sie blieb stehen. So war es einfacher, sich zu finden. Wenn nicht sie ihn fände, würde er sie bald entdecken. Und wenn nicht, dann würden nach einiger Zeit, sobald sich die Menschen in der Stadt verteilt hatten, nur noch sie beide am Hafen stehen.

Plötzlich stand Sandro vor ihr. Die grauen Haare verdrängten die schwarzen, doch seine Locken waren wild wie damals. Er hatte sie mit Gel gezähmt. Die etwas zu grosse Nase, die buschigen Augenbrauen. Ansonsten konnte Alice nichts finden in diesem Gesicht, das sie an ihre frühere Begegnung erinnert hätte. Sie hatte gehofft, der Blick würde ihr bekannt vorkommen, ihr Vertrautheit vermitteln. Sandro streckte ihr seine Hand entgegen und nickte, ein Lächeln im Gesicht. Ein Vogel, der kurz seine Flügel ausbreitet. Falten zeichneten ihn. Neben den wachen Augen waren sie ein Kontrast. Sandro bedeutete ihr, ihm zu folgen und verschwand in der Menschenmenge. Alice hastete hinterher, stolperte über eine Tasche, verhedderte sich mit ihrem Rucksack in den Händen eines Gestikulierenden. Sie kam sich ungeschickt vor und immer einen Schritt zu langsam. Am liebsten hätte sie Sandro zugerufen: Wart auf mich, nicht so schnell.

Endlich erreichte sie sein Auto. Es war alt, rostig und verbeult. Der Kofferraum stand offen. Sandro nahm ihr den Rucksack vom Rücken, tat, als könnte er sein Gewicht nicht halten, als würde er zu Boden gehen. Im letzten Moment fing er sich, warf den Rucksack in die Luft und lachte. Alice schmunzelte über seine Leichtigkeit. Schon lange hatte niemand mehr versucht, sie zum Lachen zu bringen. Sandro legte den Rucksack neben eine grosse Plastikbox in den Kofferraum. Er deutete darauf und sagte: Fisch. Alice nickte lächelnd und rieb sich den Bauch. Jonas mochte keinen Fisch, Etna auch nicht, vielleicht nur, um ihre Mutter zu ärgern. Früher hatte Alice versucht, sie zu überzeugen, hatte stundenlang in der Küche gestanden und immer wieder neue Rezepte ausprobiert. Aber immer, wenn Etna ein Stück Fisch auf dem Teller gefunden hatte, stellte sie klar, dass sie Fisch hasse, und legte die Gabel neben den Teller. Auch die Beilagen hatte sie nicht angerührt, nicht einmal die Babykartoffeln, die sie so gerne mochte. Wie ihr Vater weigerte sich Etna, etwas zu essen, das auf dem Teller neben Fisch gelegen hatte. So hatte Alice vor vielen Jahren aufgehört, Fisch zu kochen und zu essen. Nur gelegentlich hatte sie sich am anderen Ende der Kleinstadt an einem Stand vor dem Supermarkt ein Fischsteak gekauft. Anschliessend hatte sie sich auf der Toilette des Warenhauses die Zähne geputzt. Jonas hatte geschworen, sie nie wieder zu küssen, wenn er noch einmal aus ihrem Mund diesen Gestank, wie er es nannte, riechen müsse.

Alice freute sich, bald so viel Fisch essen zu können, wie sie wollte. Vielleicht konnte sie angeln. Vor vielen Jahren, als sie das letzte Mal hier gewesen war, hatte ihr Vater am Hafen einen Fischer angesprochen und gefragt, ob sie mitfahren dürften frühmorgens aufs Meer hinaus. Der Fischer war einverstanden gewesen. Ihr Vater hatte ihr damit einen Wunsch erfüllt. Sie erinnerte sich an die Ruhe auf dem Meer, die ledernen Gesichter der Fischer und ihren Schreck, als sie die vielen sterbenden Fische auf dem Bootsboden betrachtet hatte. Sie sah die Netze vor sich, die gefüllt gewesen waren mit Muscheln, kleinen Fischen, Plastikteilchen und Algen. All diese Dinge hatten die Fischer wieder ins Meer zurückgeworfen.

25

Jonas steht in der Küche und schneidet die Hälfte des Rehrückens geübt in Stücke. Er trägt Gummihandschuhe. Das Fleisch soll nicht nach Mensch riechen. Mit dem Messer schiebt er es in einem Zug vom Plastikbrett in die Schale. Die andere Hälfte des Rehrückens stellt er in den Kühlschrank. Der Gedanke an Fleisch, das in der Gefriertruhe lagert, beruhigt ihn. Er wird erst in ein paar Wochen wieder bei Juna Fleisch bestellen müssen. Ihrem fragenden Blick bei der letzten Bestellung hat er nichts entgegnen können. Er hat weggeschaut und geschwiegen.

Jonas nimmt die Schale mit dem Fleisch in die eine, den CD-Player in die andere Hand und geht ins Wohnzimmer. Bleiches Licht von draussen erhellt den Raum. Staub tanzt. Er bleibt stehen und schaut sich um. Das Zimmer ist quadratisch. Je zwei Fenster auf zwei Seiten. Zwei Einbauschränke. An der Decke Stuck. Die Wände hat er in seidenem Weiss nachgestrichen, vor

Jahren. Eine Tür führt in den Garten und eine andere ins Entrée, das weit grösser ist, als es seine Bezeichnung vermuten lässt. Es ist eine Eingangshalle, kühl, gross und hoch. Das Schuhregal und der Kleiderständer, auf dem sich früher die Jacken seiner Familie getürmt hatten, gehen darin verloren. Jonas betrachtet sein Zimmer und gleichzeitig sein Haus. Zwei Stockwerke, ein Keller, acht Zimmer, eine Toilette, ein Bad. Eine Galerie, von der die Treppe mit einem Holzgeländer nach unten ins Parterre führt. Hinter der Küche eine Speisekammer.

Jonas lässt das Haus hinter sich und geht in den Garten. Die Kirschbäume sind in das Licht der untergehenden Sonne getaucht. Das Gartenhaus in den Mantel des Schattens gehüllt. Er bahnt sich seinen Weg durch das hochstehende Gras, geht den überwachsenen Granitplatten entlang. Die Schale mit dem Fleisch stellt er vor die Tür des Gartenhauses. Moos und Flechten haben die Holzlatten mit einem grünen Kleid überzogen. Den CD-Player stellt er etwas entfernt ins Gras. Dann drückt er auf die Play-Taste. Der Frühling von Vivaldi geigt aus den Lautsprechern. Als Etna klein war, hatte sie seine Musik geliebt. Stundenlang lag sie im Wohnzimmer auf dem Schaffell neben dem Lautsprecher.

Jonas sitzt auf der obersten Stufe der Steintreppe und wartet auf den Fuchs. Vivaldis Frühling läuft in der Endlosschlaufe. Aber der Fuchs zeigt sich nicht.

26

Alice stieg ins Auto, schloss die Tür, es roch wie in einem Aquarium. Sandro setzte sich neben sie. Der Motor sprang sofort an, Alice war erleichtert. Der Schlüsselbund klimperte, als sie über den Hafenplatz fuhren. Sandro schaltete das Radio ein. Zucchero sang *Baila Morena.*

Alice mochte es, Musik zu hören. Das war schon immer so gewesen. Sie liebte Vivaldis vier Jahreszeiten, Mozarts Zauberflöte und Beethovens Klavierkonzerte. Laut liess sie sich früher beim Kochen, Bügeln und Putzen musikalisch begleiten. Zwiebeln wurden im Takt gehackt, der Backofen nach dem ersten Satz geöffnet. Wenn sie bügelte, hielt sie eine Fermate lang inne. Ihr Tagesablauf wurde jahrelang von Schallplatten bestimmt. Zu jeder Tätigkeit hatte Alice die passende Musik, und sie spürte, wie Etna in ihrem Bauch im Takt strampelte. Kaum war eine Schallplatte zu Ende gespielt, eilte Alice zum Plattenspieler. War das Essen noch nicht fertig, spielte sie erneut Beethoven. Oft blieb noch etwas Zeit, bis die Nadel die Auslaufrille erreicht hatte. Dann kochte sie eine Vanillecreme, die sie später über etwas Dosenfruchtsalat in zwei Suppenteller goss. Sie liebte den Anblick, wenn die bunten Fruchtwürfel unter der Vanillecreme verschwanden. Sahen sie nicht aus wie Tiere? Jeden Freitag erschuf sie mit Fruchtsalat und Vanillecreme neue Tiere. Bis zu Etnas Geburt hätte sie einen Zoo eröffnen können.

Bevor Alice die Teller in den Kühlschrank stellte, überlegte sie, welches Tier sie Jonas vorsetzen würde. Jonas suchte stets mit der Gabel die Früchte heraus, die er nicht kannte, schob sie an den Tellerrand und bedeckte sie mit seiner Serviette.

Wenn Beethoven oder Vivaldi zu Ende abgespielt waren, rief Alice durch das Treppenhaus nach Jonas. Während sie auf ihn wartete, beugte sie sich über die Badewanne und kämmte sich die langen Haare. Die Schallplatte hatte aufgehört zu drehen. Alice war ohne Takt. Hörte sie Jonas' Schritte im Treppenhaus, reinigte sie den Kamm und spülte die Haare den Abfluss hinunter. Kurz bevor er die Tür zur Wohnung öffnete, trat sie aus dem Badezimmer.

Seit Alice schwanger war, hatte sie das Gefühl, Jonas nicht mehr zu gefallen. Ihr Körper geriet ausser Form.

27

Es ist Nacht geworden. Der Mond versteckt sich hinter Wolken. Licht legt sich als milchiger Film auf das Glas des Wohnzimmerfensters. Jonas hat sich kaum bewegt. Es ist kühl geworden. Vivaldis Frühling geigt und geigt durch die Nacht. Jonas kennt seine Nachbarn nicht mehr, nur den Fuchs. Er fragt sich, wo er bleibt. Der Fleischgeruch ist ihm doch bestimmt in die Nase gestiegen. Vielleicht mag er es nicht, wenn ihm jemand beim Fressen zuschaut, denkt Jonas und geht ins Haus. Er setzt sich in seinen Sessel und zwingt sich, nicht aus dem Fenster zu sehen. Stattdessen blättert er in einer alten Zeitung. Eine halbe Stunde hält er durch. Dann geht er wieder hinaus in den Garten. Die Schüssel ist leer. Vom Fuchs keine Spur. Ist der Rehrücken im Bauch einer Katze verschwunden?

Alice' Bauch kam Jonas damals immer fremder vor. Er wölbte sich aus ihrem knochigen Körper heraus und schob sich als Keil zwischen sie beide. Jonas traute sich kaum, ihn zu berühren. Er fürchtete sich vor der Bewegung, die er unter der Haut erwartete.

Die über Knochen und Gelenke gespannte Haut von Fröschen hatte Jonas schon immer geekelt. Sie erinnerte ihn an ein aufgebautes Zelt, das ohne Karabinerhaken stand. Wenn er Alice' nackten Bauch sah, stellte er sich vor, wie es darin aussah. Dann erschien das Bild der Forschzelthaut vor ihm. In dieser Haut wuchsen Kinderknochen und -gelenke heran. Das Zelt wurde langsam aufgebaut. An die Organe und das Gewebe dachte Jonas nicht, obwohl er in der Metzgerei davon umgeben war.

28

Das Sonnenlicht blendete durch die staubige Frontscheibe des Autos. Sandro kurvte in hohem Tempo durch die Gassen, immer wieder musste er abrupt bremsen. Alice schaute aus dem Fenster, versuchte ein Haus, eine Ecke, ein Geschäft zu finden, das sie wiedererkannte. Aber alles sah anders aus, als sie es sich in den letzten Wochen in Erinnerung gerufen und ausgemalt hatte. Es schien, als sei einzig die Fassade der Kleinstadt kaum verändert worden. Der Kern dagegen hatte sich verwandelt.

Oder, ging es Alice durch den Kopf, mich haben die Bilder von früher verlassen. Denn als sie versuchte, die neuen Eindrücke mit den alten abzugleichen, waren die Bilder weg. Dabei waren sie doch vor kurzer Zeit noch so lebendig gewesen. Immer wieder hatte sie sie heraufbeschworen und sich daran festgehalten. Damals, als sie noch in ihrem Zimmer gesessen hatte, hinter den violetten Vorhängen. Aber selbst die Erinnerungen an das Zimmer waren verschwommen.

Alice, Alice, sagte Sandro.

Die Wagentüren standen offen, Sandro reichte ihr den Rucksack. Hinter ihnen wurde gehupt. Alice stieg aus, ihre Beine zitterten. Sie schlüpfte in die Träger des Rucksacks, richtete die Riemchen, als ob sie eine lange Wanderung vor sich hätte.

Es sind nur ein paar Schritte bis zum Haus, erklärte Sandro.

29

Jonas schaut sich um. Der Fuchs hat keine klaren Spuren hinterlassen. Die Schüssel ist leer. Sind einzelne Grashalme geknickt? Ist es eine Fuchsspur, die durch das hohe Gras führt? Es gibt nicht viel zu sehen. Das Licht aus dem Wohnzimmerfenster lässt die Bäume und Pflanzen Schatten werfen. Sie geben vor, Nachtschattengewächse zu sein, denkt er. Und weiter: In der Dunkelheit ist es möglich, sich vieles vorzustellen. Mit der Fussspitze tippt er die leere Schüssel an. Er hebt sie auf und hält sie ins Licht. Kein Blut, kein Fitzelchen vom Rehrücken sind zu erkennen. Er riecht an der Schüssel. Aber sie riecht nicht nach Fuchs. Jonas geht auf das Haus zu, nimmt den CD-Player mit und schliesst geräuschvoll die Tür hinter sich. Der Fuchs hat ihn vielleicht die ganze Zeit beobachtet. Oder sich hinter einem Busch versteckt. Er soll hören, dass der Dschungel nun wieder ihm gehört.

Im Wohnzimmer brennt das Licht noch immer gleich hell. Elektrizität hat keine Gefühle, denkt Jonas. Staub tanzt in der Luft, als wäre ein Windstoss durch den Raum gefegt. Das abgewetzte Leder des Sessels sieht einladend aus. Er lässt sich hineinfallen. Verschränkt die Hände vor seinem Bauch und schliesst die Augen. Eingehüllt in das Lederbraun denkt er an Alice.

Alice legte damals, als sie schwanger war, immer wieder die Hand auf ihren Bauch und lächelte. Jonas vergrub seine Hände lieber in ihren Haaren. Er fürchtete sich vor den Bewegungen des ungeborenen Kindes. Dabei hätte Etna wohl kaum gegen seine Handfläche getreten. Vielleicht fehlte seinem Kind, genau wie Alice, der Takt der Musik.

Jonas' Musik war zu jener Zeit das Quietschen der Schneidmaschine gewesen, das Klopfen des Fleischhammers, das Rascheln des Verpackungspapiers, die Türklingel und das *Guten Tag, was darf es sein?* von Hanna.

Beim Sommerfest hatte Jonas Alice damals eine Bratwurst verkauft. Alice war ihm schon von Weitem aufgefallen. Er hatte ihr zusätzlich drei Servietten mitgegeben, damit das schöne, blaue Kleid sauber blieb. Bevor sie den Stand verliess, lud er sie zu einem Spaziergang am folgenden Sonntag ein. Alice antwortete mit einem Lachen und fragte nach seinem Namen.

Auf dem gemeinsamen Spaziergang erzählte ihr Jonas, dass sein Vater ihm die Metzgerei nur übergeben hatte, weil er der älteste Sohn war.

30

Alice horchte in die Stille. Sandro hatte den Schlüssel neben die Flasche Wein auf den Küchentisch gelegt.

Einen Stadtplan benötigst du wohl nicht, hatte er lachend gesagt. Bevor er die Tür hinter sich zuzog, fragte er: Kann ich noch etwas für dich tun?

Alice schüttelte müde den Kopf.

Du kannst jederzeit vorbeikommen, wenn du etwas brauchst oder Fragen hast, ich wohne nebenan.

Dann war er gegangen und hatte seine Unbeschwertheit mitgenommen. Alice stellte ihren Rucksack auf den Steinfussboden. Es roch feucht und war kalt. Es gab keinen Eingangsbereich. Von der Strasse durch die Haustür direkt in die Wohnküche. So wurde hier offenbar gebaut. Alice wusste nicht, ob ihr das gefiel. Früher hatte sie das Verwinkelte in ihrem Elternhaus geliebt. Sie fand es schön, dass man nicht sofort sah, welche Räume sich noch offenbaren würden. Die grosse Eingangshalle, die Treppe, die zur Galerie hochführte, die schweren, verzierten Holztüren. Sie hatte das Haus ihr Märchenschloss genannt. Eine Prinzessin war sie damals gewesen, bevor alles ganz anders gekommen war. Und jetzt war sie hier.

Alice schaute sich um. Im ersten Moment erkannte sie nur

schwache Umrisse. Ledermöbel standen um einen Holztisch. Kräftige Balken stützten die Decke. An den Wänden hingen keine Bilder. Das einzige Fenster ging auf die enge Gasse. Ein dünner, weisser Vorhang, ein Schleier, war zur Seite geschoben. Jeder würde sehen können, wie sie auf dem abgewetzten Ledersofa sass, wie sie kochte, wie sie ass. Für einen Augenblick wünschte sie sich die violetten Vorhänge in ihr neues Zuhause. Doch dann sah sie, wie sich hinter dem Fenster der gegenüberliegenden Küche etwas bewegte. Eine alte Frau drückte ihre Nase gegen die Fensterscheibe. Alice drückte ebenfalls ihre Nase an das Glas und schaute zu ihr hinüber. Die Frau winkte ihr mit einer Packung Spaghetti. Alice lächelte ihr zu und wollte das Fenster aufschieben, um ihr etwas zuzurufen. Doch da war die Frau verschwunden.

Die violetten Vorhänge brauchte Alice nicht länger. Jeder sollte sie sehen. Es war ja nur die Wohnküche, die einsehbar war. Und zur Not gab es die Fensterläden. Sie waren aus Holz und seltsamerweise innen angebracht.

Alice öffnete die Schubladen und Schränke in der Küche. Alles, was sie brauchte, war da. Sogar Gewürze standen bereit. Endlich würde sie wieder kochen. Im Schlafzimmer standen ein Schrank aus dunkel gestrichenem Holz, ein Stuhl, ein schmiedeisernes Bett. Ansonsten gab es nicht viele Möbel. Alice störte das nicht, denn zu viele Möbel machen einsam.

So sah sie also aus, ihre erste eigene Wohnung. Eigentlich war es ein Haus. Drei Zimmer auf drei Etagen, wobei das eine Zimmer die Dachterrasse war. Ein Wohnzimmer unter freiem Himmel mit Blick über das Städtchen bis zum Hafen, zum Meer und den andern Inseln, die im Dunst des Lichts verschwammen. Und auf drei Inseln Vulkane. Einer ganz nah.

Umgeben war Alice von ihnen. Etna aber war nicht da. Ihr Namensbruder nur einige Kilometer entfernt. Alice glaubte, die brodelnde Lava unter ihren Füssen zu spüren. Ein Donnern erfüllte die Luft. Breitete sich in ihrem Körper aus. Kam es von draussen oder aus ihr heraus?

Zur anderen Seite der Dachterrasse hin erblickte Alice Felder, die Hügel, das Grün, im Zickzack verlaufende Wege und Strassen, die nach oben führten und nach einer letzten Kurve mit dem Auge nicht mehr weiter zu verfolgen waren. Bei schönem Wetter konnte sie ihr Leben nach hier oben verlagern. Es gab zwei Herdplatten, ein Waschbecken und genügend freie Flächen zum Schnippeln oder Rüsten. Eine Küche auf der Dachterrasse, ein Luxus, den sich die Eltern von Sandro, die früher hier gewohnt hatten, offenbar gegönnt hatten. Eine bessere Idee, damit dieses kleine Haus die Bezeichnung *grossartig* erhält, hätten sie nicht haben können. Es spielte keine Rolle, dass sie nur zur Miete hier war und sie nicht ihre eigenen Möbel mitgebracht hatte. In diesen Räumen würde sie von vorne anfangen. Wenn das überhaupt möglich war. Denn ihren Rucksack hatte sie dabei. War es deshalb vielleicht eher ein Richtungswechsel? Sandro hatte gesagt, sie könne so lange bleiben, wie sie wolle.

Ein runder Tisch mit vier Stühlen stand in der Mitte der Terrasse, am Geländer lehnten zwei zusammengeklappte Liegestühle. Sie würde nur einen brauchen. Den anderen wollte sie verschenken. Sie wünschte sich niemanden an ihre Seite. Sie beschloss, alle Gegenstände aus dem Haus zu entfernen, von denen es mehr als einen gab.

31

Etna nahm das Foto in die Hand, das ihr am Vortag aufgefallen war. Den verwackelten, vergilbten Schnappschuss von Finn, Mutter und ihr selbst. Sie lehnten an einem Geländer, das wie die Reling eines Schiffes aussah. Der Fotograf hatte keine besondere Sorgfalt walten lassen. Im Hintergrund schimmerte grünes Wasser. Drei Vertraute, dachte sie. Und war gleichzeitig erstaunt über das Fehlen jeder Erinnerung an den Moment der Aufnahme. Die Mutter trug ein kurzes Kleid mit einem bunten Muster. Ist das Gewässer im Hintergrund der Fluss? Die drei sahen glücklich aus. Etna legte das Bild zu den anderen zurück. Wo die Mutter wohl war? Würde man sie jemals finden? Etna wollte endlich Gewissheit haben.

Vor mehr als einem halben Jahr war Etna in diese Wohnung gezogen. Obwohl die Mutter ihr das Haus überschrieben hatte. Aber Etna hatte dort nicht mehr leben wollen. Der Vater aber durfte niemals vergessen, was er getan hatte. Auf dem Grundstück sollte etwas Neues entstehen, musste etwas Neues entstehen.

Irgendwann hatte sie sich Fotoalben gekauft. Erst wusste sie nicht wofür. Aber gestern hatte sie es gewagt, die Fotos aus dem Schrank zu nehmen, die in Plastiktüten verstaut gewesen waren.

Etna stellte sich in die offene Balkontür. Blickte auf den Fluss, der friedlich unter ihr rauschte. Seit Kurzem nannte sie den Fluss Finn. Der Himmel über den Dächern der kleinen Stadt leuchtete. Die Spitze des Kirchturms berührte beinah den sichelförmigen Mond.

32

Jonas steht, wie nun jeden Abend, in der Küche und schneidet sorgfältig Lammfilets in Stücke. An den Händen trägt er wieder Gummihandschuhe. Vor dem Fenster werden die

Schatten länger. Jonas weiss, der Fuchs schleicht im Dschungel oder im Grenzgebiet herum. Beim Gedanken daran lächelt Jonas still in sich hinein. Er und der Fuchs haben seit ein paar Tagen ein gemeinsames, ein geheimes Zeichen. Als Garnitur legt Jonas noch ein paar Froschschenkel auf die Filetstücke in der Schüssel. Dabei wird ihm flau im Magen. Aber der Fuchs frisst gerne Froschschenkel. Jonas will, dass er am nächsten Tag wieder kommt.

Der Fuchs mag es nicht, wenn Jonas auf der Steintreppe sitzt. Dann kommt er nicht. Jonas darf vom Balkon aus zuschauen, wie er frisst. Es ist der Balkon von Alice' Zimmer. Vivaldi ertönt aus den Lautsprechern. Wie in den letzten Tagen dauert es auch jetzt nicht lange. Jonas schliesst die Augen, blinzelt zwischen den Wimpern hervor. Es flackert. Es raschelt im Dschungel. Erst sieht Jonas nur die Ohren und die Schnauze zwischen den Blättern des Haselbusches auftauchen. Dann geht der Fuchs zielstrebig auf die Schüssel vor dem Gartenhaus zu.

33

Alice stand in der Küche, auf dem Fussboden lagen volle und noch einige leere Bananenkisten und ein Stapel Zeitungspapier. Sandro hatte sie erstaunt angeschaut, als sie ihm zu erklären versuchte, weshalb sie Kisten benötigte. Alice wusste nicht, ob er sie richtig verstanden hatte. Möglicherweise hatte er es gar nicht erst versucht und einfach die Bananenkisten aufgetrieben. Vielleicht hatte er auch gedacht, dass irgendwann mit der Fähre ein Container mit ihren Möbeln und persönlichen Gegenständen eintreffen würde.

Alice packte die Teller, die es in allen Grössen zu geben schien, in Zeitungspapier. Sie fragte sich, wofür man vier unterschiedliche Tellergrössen benötigte. Ein voller Teller war beruhigend für den Magen, ein halb leerer der erste Schritt zur gehobenen Küche. Alice legte trotzdem von jeder Grösse einen Teller in den Schrank zurück. Bei den Gläsern verhielt es sich nicht anders. Alice konnte nicht jedem Glas seine Funktion zuordnen, aber sie nahm sich vor, verschiedene Getränke aus unterschiedlichen Gläsern zu trinken und sich später zu entscheiden.

Die Kisten füllten sich mit Pfannen, Schüsseln, Krügen, Besteck, Kellen und Tassen. Als alles eingepackt war, trug Alice die Kisten in den Keller, stapelte sie in einer Ecke aufeinander. Dann schleppte sie sechs Stühle, Kissen und Decken und einen Liegestuhl nach unten. Beim Sessel packte auch Sandro mit an, der zuvor vom Sofa aus verdutzt das Schauspiel beobachtet hatte. Sie hatte ihm verboten, ihr zu helfen. Immer wieder musste sie ihn zurückweisen, wenn er versuchte, ihr eine Kiste abzunehmen, wenn er vor der Kellertür stand und sie nicht freigeben wollte. Alice wusste, was sie wollte, Sandro konnte ihr dabei nicht helfen. Er hätte höchstens das Bett auseinandersägen können. Aber das war bei diesem verschnörkelten, schmiedeisernen Ding, das bei jeder Bewegung quietschte, nicht möglich. Alice überlegte, ob sie das Bettgestell auseinanderschrauben und ebenfalls in den Keller stellen sollte. So würde nur die Matratze auf dem Fussboden liegen. Es sähe in ihrem Schlafzimmer aus wie in einer Klosterzelle.

Aber die Kälte schien sich besonders im Fussboden festgesetzt zu haben. Die Kälte stieg aus ihm empor, kroch durch ihre Füsse in den Körper. Sie stellte sich vor, wie sich die Kälte tagsüber in ihrer Matratze einnistete und nachts auf sie übergriff. Nur deshalb entschied sie sich, das viel zu grosse Bett in ihrem Zimmer stehen zu lassen. Ihr war bewusst, dass dies nur eine vorübergehende Lösung sein konnte. Denn dieses Bett würde sie nie ruhig schlafen lassen. Die Matratze allein löste in ihr ein nicht anzuhaltendes Kopfkino aus. Auf dieser Matratze war schon wer weiss was alles geschehen. All die Körpersäfte, die von ihr aufgesogen worden waren, all die unzähligen Bazillen, Bakterien, Wanzen und Milben. Es schüttelte sie, wenn sie daran dachte. Bild um Bild schob sich in rasendem Tempo vor ihrem inneren Auge vorbei. So lebendig, als würde sie alles miterleben, als würde das Innenleben der Matratze auf ihren Körper übergreifen und auf ihr herumkrabbeln.

34

Der Fuchs frisst hastig. Sein buschiger Schwanz bewegt sich dabei leicht hin und her. Der Fuchs blickt nicht zu Jonas hoch, der auf dem Balkon steht. Die Schüssel ist leer. Der Fuchs hält inne. Dann beschnuppert er das Gras und die Erde um die Schüssel herum. Er findet nichts Fressbares. So tänzelt er durchs hohe Gras am Komposthaufen vorbei davon. Jonas bleibt zurück. Wenn im August die Bagger auffahren und eine Mauer nach der anderen krachend zu Boden geht, will Jonas nicht mehr hier sein.

35

Am Abend lag Alice im Liegestuhl auf der Dachterrasse und schaute in den Himmel. In der Ferne war Etna jetzt wohl auf dem Nachhauseweg und schaute in denselben Sternenhimmel. Es roch leicht nach Schwefel. Der Vulkan stiess seine Atemwolken in die Nacht.

Endlich konnte Alice sich ausruhen, die Wohnung war aus- und umgeräumt. Jeder Gegenstand strahlte eine wohltuende

Leichtigkeit aus. Die Dinge waren nun allein wie sie, es gab keine Paare mehr in diesen Räumen. Und Alice und die Dinge konnten eine Gemeinschaft bilden. Wie früher, als die Bücher, die sie umgeben hatten, eine Art Familie gewesen waren. Erschreckend eigentlich, dachte sie, wie austauschbar die Dinge geworden waren, die sie Familie nannte. Und wie austauschbar die Dinge waren, in die sie Erinnerungen und Gefühle projizierte. So passte sie in das kleine Haus, oder das kleine Haus passte zu ihr. Es störte sie nicht, dass die drei Zimmer auf drei Etagen verteilt waren.

Jonas hätte sich sicherlich darüber beschwert. Lästig wäre ihm das Treppensteigen, das Hinauf- und Hinuntertransportieren gewesen. Er liebte es praktisch. Möglichst kurze Wege, möglichst wenig Bewegung. In ihrem Elternhaus war ihm schon von Anfang an die erste Etage zu viel gewesen. Viel lieber hätte er alles auf einer Ebene gehabt. Alle Zimmer im Erdgeschoss, in den Garten eingepasste Zimmer. Ein weitläufiges Haus wäre das gewesen, aber selbst dies hätte ihm nicht gepasst.

Hier, in diesem Haus, wäre er wahrscheinlich auf die Dachterrasse gezogen. Er hätte die Matratze nach oben geschleppt, seine Bücher und Papiere griffbereit in einem Küchenschrank versorgt. Badehose und Trainerhose abwechselnd getragen, eine Faserpelzjacke über die Schultern geworfen, wenn ihm kalt gewesen wäre. Im Spülbecken hätte er sich die Haare gewaschen, in die Blumenkisten gepinkelt. Den Rest wollte sie sich lieber nicht vorstellen. Und doch gab es da eine Gemeinsamkeit. Alice wusste: Auch ihm hätte die Dachterrasse am besten gefallen. Zum Glück war er nicht hier.

Alice störte es nicht, dass es offiziell nur zwei Zimmer gab. Was Jonas sicherlich immer wieder unterstrichen hätte, als ob das Offizielle so viel wichtiger wäre als ihr Empfinden. Wie ein Polizist hatte er jahrelang kontrolliert, was sie gesagt, was sie erzählt hatte. Pfeilschnell hatte er interveniert, wenn etwas nicht seiner Wahrheit entsprochen hatte. So unsicher, wie sie damals gewesen war, konnte sie nun seiner Art auch etwas Gutes abgewinnen. Er hatte ihr aufmerksam zugehört und dafür gesorgt, dass sie keinen Unsinn erzählte. Besonders nachdem verschiedene Ärzte sie als Fall für die Psychiatrie bezeichnet hatten. Vielleicht, überlegte Alice weiter, wäre die Korrektur der Zimmeranzahl für einmal nicht seinem Hang zu präzisen Angaben zuzuschreiben. Sondern seinem Beruf als Schreiner.

36

Jonas steht auf dem Balkon vor Alice' Zimmer. Er wartet auf den Fuchs. Vivaldi geigt. Er denkt an Alice. Liegt ihr Körper irgendwo in einer Gebirgsspalte? Oder hat sie sich davon gemacht? Ihr Name hat so viele Jahre zu ihm gehört. Jonas und Alice. An der Türklingel, am Briefkasten, auf Einladungen, in Briefen. Jonas und Alice. Noch immer kommen Briefe, adressiert an Alice. Juna leert den Briefkasten wöchentlich und bringt ihm die Briefe ins Haus. Jonas legt sie ungeöffnet in Alice' Zimmer auf den Stapel auf ihrem Schreibtisch.

Der Name Alice ist Jonas vertraut. Aber seine Vorstellung von ihr ist nur noch eine vage Skizze, die er versucht, mit Erinnerungen auszufüllen. Jonas hat Angst, dass ihm die Erinnerungen entgleiten.

Die Grashalme verbeugen sich. Es ist nicht der Wind, der sie bewegt. Der Fuchs bahnt sich seinen Weg zum Fressnapf.

In der Metzgerei beriet Hanna früher die Kundschaft und wog das Fleisch ab. Dann verpackte sie es mit einer Sorgfalt, als wäre es ein Geschenk. Waren wenige Kunden im Geschäft, faltete sie zusätzlich eine Blume oder einen Schmetterling aus dem rot-weissen Papier.

Seit jenem Sommer, als Jonas in die neunte Klasse kam, arbeitete Hanna in der Metzgerei. Sie war drei Jahre älter als er und gehörte schon nach kurzer Zeit ebenso in den Laden wie das Fleisch. Ohne sie, da war sich Jonas sicher, hätten sie das Geschäft schliessen müssen. Sie war nicht nur eine hübsche Fleischverkäuferin. Sie kannte jeden Kunden und jede Kundin mit Namen, und auch die Namen der Kinder, der Ehefrauen oder Ehemänner kannte sie. Hanna kannte sogar die Namen der Geliebten ihrer Kunden.

Die Leute kamen nicht nur zum Einkaufen in die Metzgerei, sie wollten von ihren Sorgen und Freuden erzählen, bevor sie ein Stück Fleisch nach Hause trugen. Hanna hörte geduldig zu, fragte nach und gab Rat. Oftmals in Form eines Rezepts zu dem Fleisch, das sie verkaufte. Jonas konnte nicht verstehen, wie man mit einem Kochrezept einen Streit lösen konnte. Aber die Menschen mochten Hannas Ratschläge. Neben der Kundenkartei schien sie ein Kochbuch mit unendlich vielen Rezepten im Kopf zu haben. Jonas bewunderte sie. Zur Begrüssung wuschelte sie ihm durchs Haar, auch später, als er sie überragte. Sie roch nach Frühling und war nicht austauschbar.

Hanna wohnte damals, wie Jonas' Familie, über der Metzgerei, direkt unter dem Dach. Jonas' Vater hatten den Dachboden zu einer kleinen Wohnung ausbauen lassen. Von ihren Eltern erhielt Hanna keinen Besuch. Nur sie wusste warum. So fröhlich und hilfsbereit sie in der Metzgerei war, so verschlossen wurde sie, wenn sie aus dem Geschäft trat. Traf Jonas sie im Treppenhaus, grüsste sie ihn nur knapp.

Ihr Blick war glasig. Wenn Jonas sie fragte, wie es ihr gehe, lief sie wortlos an ihm vorbei. Auch sein Angebot, ihr die Taschen zu tragen, lehnte sie ab. Aber Jonas gab nicht auf. Irgendetwas musste sie traurig machen. Ist sie vielleicht einsam?, fragte sich Jonas. Einmal hörte er, wie die Frau des Bäckers zu Paul sagte: Hanna sollte sich endlich einen Mann suchen. Aber sie hätte wohl lieber eine Frau.

Zu jener Zeit stellte sich Jonas, wenn er im Bett lag, oft vor, Hanna lebe in einem grossen Zelt. Er hörte, wie der Regen auf die Plane prasselte und wie der Wind durch das Tuch fuhr. Er stellte sich vor, dass Hanna und eine Frau nebeneinander unter einer Decke lagen. Er malte sich aus, wie warm und schön es wäre, wenn er sich zwischen die beiden legen dürfte.

Jonas sah Hanna nie mit einer Frau. Auch bekam sie nie Besuch. Vielleicht versteckte sie etwas in der Wohnung, weshalb sie nie jemand besuchen durfte. Oder versteckte sie dort oben unter dem Dach nur ihre Einsamkeit?

Ein Jahr später war Jonas endlich sechzehn. Er hatte seinen Schulabschluss in der Tasche und lernte das Handwerk seines Vaters. Jeden Tag arbeitete er zusammen mit Hanna in der Metzgerei und hatte lange genug gewartet. Nun wollte er ihr näher kommen. Aber als er sie fragte, ob sie mit ihm ausgehen wolle, lachte sie nur und erinnerte ihn an den Altersunterschied. Sie schenkte ihm bedeutungsvolle Blicke. Aber sie ging nie mit ihm aus. Irgendwann gab Jonas seine Versuche, aber nicht die Bewunderung für Hanna auf.

Einige Jahre waren vergangen, als Jonas endlich mit dem Pinsel *Metzgerei Jonas* in grossen, roten Buchstaben über das Schaufenster schreiben konnte. Jeder sollte sehen, dass er nun die Metzgerei führte. Ein Protest in roten Buchstaben gegen seinen Vater. In der Zwischenzeit hatte er Alice kennengelernt und bald darauf geheiratet. Alice, die nun summend die Leiter festhielt und ihm beim Malen zusah.

Nachdem Jonas die Metzgerei übernommen hatte, arbeitete

Hanna weiterhin hinter dem Verkaufstresen. Hand in Hand arbeitete sie mit ihm. Mit der Zeit entstand eine Vertrautheit zwischen ihnen. Wenn der Vater wieder einmal nicht zufrieden war mit ihm, lächelte sie ihm heimlich zu. Strich ihm über den Rücken oder wuschelte ihm durchs Haar, wie früher.

Paul hatte gerade das Gymnasium abgeschlossen und wollte Lehrer werden, als er und Hanna ein Paar wurden. Jonas wollte es erst nicht glauben. Er war verletzt und irgendwie enttäuscht von Hanna. Die Vertrautheit zwischen ihnen, das warme Gefühl, verschwand. Kurze Zeit später heirateten Hanna und Paul.

37

Die ersten drei Monate verstrichen wie unscharfe Bilder. Nun aber wurde Alice von Unruhe erfasst. Sie spürte das unterirdische Feuer. Bald würde es hervorbrechen. Alice musste sich ablenken. Sie richtete sich weiter ein in ihrem Haus, stellte um, ersetzte Gegenstände durch andere, kaufte ein, was ihr fehlte. Und doch konnte sie das, was ihr wirklich fehlte, nicht kaufen. Am liebsten hätte sie die Zeit zurückgedreht. Zurück in die Zeit, als das Kind und Etna klein waren. Hier gab es keine gefrorenen Flüsse, das Thermometer sank nie unter null. Das Kind würde an ihrer Hand gehen. Wie schön wäre es, wenn jetzt damals wäre. Wenn sie damals schon gegangen wäre, alles hinter sich gelassen hätte. Vielleicht gar gemeinsam mit Jonas? Damals, als er sie noch geliebt hatte. Aber sie konnte nicht sagen, wann Jonas angefangen hatte, Hanna zu lieben.

Hanna gab es in Jonas' Leben, seit sie in der Metzgerei arbeitete. Hatte sie ihm schon damals gefallen? Alice konnte sich nicht erinnern, Blicke zwischen den beiden entdeckt zu haben. Vielleicht hatte sie aber auch nicht genau hingeschaut. So unwahrscheinlich und absurd war ihr damals der Gedanke, dass Jonas eine andere als sie lieben könnte, vorgekommen. Ausgerechnet Hanna! Sie war so bäurisch gewesen. Eine Frau, die gerne mit ihren Händen im Fleisch gewühlt, es zerstückelt und mariniert hatte. Immer hatte sie ihre blonden Haare zu einem dicken Zopf geflochten. Vielleicht hatte sie sie offen getragen, wenn sie Jonas geliebt hatte. Wie konnten Paul und Jonas sich von diesen Händen berühren lassen, ja, sie lieben?

38

Wieder ein Montag. Nach dem vierzigsten hat Jonas aufgehört zu zählen. Noch immer ist Alice verschwunden. Juna stellt eine grosse Papiertasche auf den Küchentisch. Aus der Tasche ragt neben der Baguette ein Lauchfächer. Jonas ist Juna in die Küche gefolgt und lehnt sich gegen den Türrahmen. Er beobachtet, wie sie den Wocheneinkauf im Vorratsräumchen verstaut. Sie erzählt von den alten Menschen, die versucht haben, sich an der Kasse vorzudrängeln. Sie versteht nicht, warum Pensionierte ausgerechnet dann einkaufen gehen, wenn die Arbeitenden Feierabend haben. So redet Juna sich in Rage. Verwandelt das Erlebnis in eine Geschichte. Als ob sie sich fürchten würde vor der Stille zwischen Jonas und ihr. Von einem Detail hangelt sie sich zum nächsten. An ihrem Hals bilden sich rote Flecken. Mit hastigen Bewegungen wirft sie immer wieder ihre Haare zurück.

Jonas hört ihren Ausführungen nicht mehr zu. Er denkt sich weg aus der Küche und sieht Hanna vor sich. Sie beugt sich über ihn. Er sieht den Spalt zwischen ihren Brüsten. Den langen Hals und das Muttermal. Er öffnet ihren Zopf. Die Haare fallen ihr ins Gesicht. Sie lächelt ihm zu. In ihren blaugrünen Augen hat sie eine Nachricht für ihn. Die Härchen über ihren Lippen vibrieren, wenn sie ausatmet. Hanna strotzt vor Leben. Weit weg ist das Bild der kranken Hanna.

Als Juna die Kühlschranktür öffnet, hält sie inne. Nimmt die Schale mit dem geschnittenen Kaninchenfleisch hervor und streckt sie Jonas fragend entgegen.

Jonas sieht ihren Blick. Er weiss, Juna, nicht Hanna steht vor ihm. Gerade eben ist er Hanna so nah gewesen. Ihre Wärme ist noch da. Jonas schweigt und zuckt mit den Schultern. Er sehnt sich nach der Ruhe des Abends und seinem Fuchs.

39

Alice ging jeden Tag spazieren, zuerst nur in den verwinkelten Gassen der kleinen Stadt. Sie mochte die Geborgenheit und stellte sich vor, dass sie sich in einer Walnuss befand, beschützt von einem Gehäuse. In ihrer Vorstellung passte die kleine Stadt perfekt in eine Nussschale. Flüchtige Erinnerungen an ihre Kindheit kehrten zurück. Eine Hausecke, eine Strasse, ein Schild, ein Geschäft, ein Geruch. Hier war sie eigentlich immer glücklich gewesen mit ihren Eltern. Der Vater hatte Zeit gehabt für sie, war mit ihr einkaufen gegangen, hatte gekocht, gespielt mit ihr. Er hatte gerne und überall betont, dass Alice seine Tochter war. Dass sie die schönen Haare von ihrer Mutter und die blauen Augen von ihm geerbt hatte. Auch als sie grösser geworden war und sich in ihrem wachsenden Körper fremd gefühlt hatte, war er stolz gewesen, ihr Vater zu sein. Und so hatte sie sich in diesen Momenten, wenn sie mit ihrem Vater durch die Gassen geschritten war, hübsch und geliebt gefühlt.

Die ganze Stadt war zu einem Spielplatz geworden, wenn sie mit ihrem Vater unterwegs gewesen war. Alice sah vor sich, wie sie auf den Schultern ihres Vaters gesessen hatte. Wie sie zwischen ihren Eltern gegangen war, die eine Hand von der Mutter, die andere vom Vater gehalten hatte. Sie sah, wie der Vater ihr ein Eis gekauft und aus der Serviette ein Schiff gefaltet hatte. Wie er sie im Park in die Luft geworfen und wieder aufgefangen hatte, wie er mit ihr auf einer Mauer am Hafen balanciert und im Amphitheater für sie den Clown gemacht hatte. Wie er für ihre Grossmutter und ihren Grossvater am Sonntag in der Kathedrale eine Kerze angezündet hatte. Wie er Geschichten erfunden hatte, wenn er ihr im Innern des Burgrings die Ruinen gezeigt hatte. Wie er mit ihr am späten Nachmittag mit einem Boot zum Vulkan gefahren war und wie sie vom Wasser aus beobachtet hatten, wie die Lava je dunkler es wurde, um so feuriger leuchtete. Er war für sie da gewesen wie sonst nie.

Diese Momente in den Sommerferien, die sie mit ihm erleben durfte, hatten ihr geholfen, wenn er zu Hause wieder kaum erreichbar gewesen war für sie. Wenn er sie am Esstisch nicht wahrzunehmen schien, hatte sie sich jeweils weggedacht. Sie hatte den Stapel Bilder in sich hervorgeholt, sie vor sich ausgelegt, und alles war auf einmal wieder da gewesen. So erging es ihr auch jetzt, wenn sie durch die kleine Stadt spazierte. In ihren Erinnerungen waren aber nur noch wenige Bilder geblieben.

40

Erst im milden Licht der Abendsonne wagt sich Jonas aus dem kühlen Haus in den Garten. Dunkle Wolken türmen sich am Himmel auf. In den letzten Tagen ist auf die glühende Hitze abends stets ein Gewitter gefolgt. Blätter und dünne Äste hat der starke Regen von den Bäumen gerissen. Teppichartig liegen sie auf dem Gras. Früher hätte er sie mit einem Rechen zusammengekehrt. Alice' Blick auf seinem Rücken ruhend. Ihre Erwartung im Nacken. Er hätte zu den geschlossenen violetten Vorhängen hochgeschaut. Und sie dahinter stehend erwartet. Das ständige Aufräumen hat nichts gebracht. An der früheren Ordnung festzuhalten, hat alles andere, das sich verändert hat, nur noch deutlicher zum Vorschein gebracht.

Wenn die Bagger hier bald auffahren und eine Mauer nach der anderen krachend zu Boden geht, will ich nicht mehr hier sein, denkt Jonas. Im Durcheinander des Gartens kann Jonas nun hinter jeder Hecke, im hohen Gras oder zwischen den herumliegenden Ästen den Fuchs vermuten. Er hält nach ihm Ausschau. Aber noch zeigt er sich nicht. Jonas wischt sich mit einem Stofftaschentuch über die feuchte Stirn. Neben der Schale mit dem geschnittenen Kaninchenfleisch platziert er den CD-Player. Vivaldi geigt durch den Dschungel.

Die Musik gehört hierher wie der Wind, der durch die Blätter fährt, denkt Jonas. Mit einem Seufzer setzt er sich auf die Steinstufen. Jonas wartet auf den Fuchs.

41

Alice spazierte im Schatten der Gassen. Aber auch hierher war die Hitze vorgedrungen. Woher sie kam, wusste Alice. Das Geheimnis in sich tragend, schob sie sich möglichst unauffällig an den Bewohnern und Touristen vorbei. Auf manchen Gesichtern liess sie ihren Blick ruhen. Aber niemand schien den Atem des Vulkans zu spüren.

Alice betrachtete die Schaufenster der unzähligen kleinen Lebensmittelgeschäfte, in der Zwischenzeit hatte sie herausgefunden, wo sie das beste Brot, das knackigste Gemüse und die süssesten Früchte bekam. Es war der Versuch, sich möglichst schnell anzupassen, Gewohnheiten zu installieren, nicht aufzufallen. Sie wollte keine Touristin sein, sie wollte zum Inventar dieser Stadt gehören. Und auch wenn sie die Landessprache nicht fliessend beherrschte, konnte sie sich mit den Worten, die sie als Kind im Sommer gelernt hatte, verständigen. Es gelang ihr sogar, die Wörter zu Sätzen aneinanderzureihen. Vielleicht nicht so, wie es im Lehrbuch stand, aber die Leute verstanden sie. Und das machte sie glücklich. Jeder konnte hören, dass sie nicht von hier kam, aber jeder konnte ebenso hören, dass sie sich bemühte, die Landessprache zu sprechen. Alice übte jeden Tag, um möglichst schnell ihren Akzent zu verlieren. Beim Einkaufen fragte sie die Verkäuferin nach dem Wetter, der schmackhaftesten Tomatensorte oder wo die süssen Erdbeeren herkamen. Und immer bekam sie eine Antwort, die sie verstand. Ihr häufigster Gesprächspartner war Sandro. Er schaute alle paar Tage bei ihr vorbei. Fragte, wie es ihr gehe, kümmerte sich um sie, als wüsste er, was sie hinter sich gelassen hatte. Oder konnte er es in ihrem Gesicht lesen?

Sandro erkundigte sich nach ihren Plänen, und wenn sie mit den Schultern zuckte, hatte er einen Vorschlag. Alice war sich nicht sicher, ob sie das unheimlich oder liebenswürdig fand. Manchmal wollte sie glauben, dass sie diese eine Begegnung über so viele Jahre miteinander verband. Alice brauchte zwar keinen Fremdenführer oder Alleinunterhalter. Aber Sandros Vorschläge waren gut. Manchmal, wenn er nicht mit seinem Boot Touristen zu den Inseln fuhr, begleitete er sie. Er erzählte ihr, dass er gerne wandern gehe, vielleicht nur, damit sie nicht das Gefühl hatte, dass er ihr einen Gefallen machte. Während des Wanderns sprachen sie kaum. Oft lief er ein paar Schritte voraus, einen Grashalm im Mund. Eine angenehme Stille lag zwischen ihnen, und wenn sie wieder zu Hause war, hatte Alice das Gefühl, dass sie mit ihm ein gutes Gespräch geführt hatte.

Alice wartete ungeduldig darauf, dass die Nähe zwischen ihnen wieder aufflammte. Suchte in sich nach Gefühlen für ihn.

Am Hafen setzte Alice sich vor einem Restaurant in den Schatten eines Sonnenschirms. Sie bestellte einen Kaffee und beobachtete die Menschen. Sie wollte ihnen bei alltäglichen Tätigkeiten zuschauen: Gemüse kaufen, miteinander reden, streiten, essen. In den Schatten flüchten.

Wie doch bei diesen fremden Menschen alles leicht und beiläufig wirkte, so ganz anders, als wenn sie selber in der Stadt unterwegs war.

Vielleicht liegt es daran, dass ich zu lange allein gewesen bin? Das Zimmer mit den violetten Vorhängen hatte alltägliche Dinge aussen vor gelassen.

42

Der Fuchs taucht erst auf, als in der Ferne Donner erschallt. Zielstrebig geht er auf die Schale zu. Hastig frisst er das Fleisch. Hält nicht inne. Spürt er die herannahenden Regenwolken? Jonas wagt kaum zu atmen. Der Fuchs hat ihn erwartet. Er scheint Vivaldi auch zu mögen. Kurz bevor er wieder im Gebüsch hinter dem Gartenhaus verschwindet, schaut er Jonas an. Was will ihm der Fuchs sagen?

43

Es ist einer der heissesten Tage des Jahres, sagte Sandro und nahm einen grossen Schluck Wasser aus seinem Glas.

Alice sah die Wolke über dem Gipfel des Vulkans auf der

Nachbarinsel. Wann wird es in seinem Innern Explosionen geben? Wann wird er mit dem Auswurf beginnen? Bald werden Aschewolken das Sonnenlicht verdunkeln. Alice wusste, dass es regnen würde.

Ich muss endlich etwas tun, etwas arbeiten, sagte sie.

Bei dieser Hitze?

Alice wusste, dass Sandro sich darum kümmern würde. Dass er bei jeder Gelegenheit nach einer Arbeit für sie fragen würde, bis es sich herumgesprochen hatte und eine Arbeit für sie gefunden war. Nur Geduld musste sie haben, das kannte sie schon. Sie hoffte, dass es irgendwo in den Gassen Arbeit für sie gab. Sie liebte die Dachterrasse, die Spaziergänge auf der Insel und konnte stundenlang den Schiffen zusehen. Aber all das erinnerte sie an den Zustand im Zimmer mit den violetten Vorhängen, erinnerte sie an früher.

Alice verbrachte den Rest des Tages im Schatten des Holzunterstands auf der Dachterrasse und las. Die geschwollenen Beine hatte sie auf ein Kissen gelagert. Um sich abzukühlen, lutschte sie Eiswürfel. Sie wartete auf den Regen.

Auf einmal spürte Alice den heissen Atem des Vulkans an ihrem Ohr. Nahm den beissenden Rauch in der Nase und den Augen wahr. Ein leichtes Zittern unter ihr. Alice wusste, der Vulkan konnte mehr: Rauch ausstossen, um sich sprühen, Lava ausspeien, Asche säen. Und er konnte Regen um sich sammeln.

Als es eindunkelte, zogen Wolken auf. Alice klappte den Sonnenschirm gerade noch rechtzeitig zusammen. Schon seit einiger Zeit beobachtete sie über die Dächer hinweg die Schiffe, die in den Fischerhafen einfuhren.

Der Hafen lag am Fuss des Burgfelsens. Halbmondartig schmiegte er sich an die Häuserkette. Zwischen den Häusern und dem Hafen lag ein grosser Platz.

Es begann zu regnen. Alice ging nach unten, nahm im Vorbeigehen das dünne Kleid von der Sessellehne im Wohnzimmer, zog es sich über und ging nach draussen. Sie liebte den Geruch des Regens, liebte seine Berührung auf ihrer Haut. Menschen hasteten an ihr vorbei. Aus den Rohren der Dachrinnen gurgelte das Wasser auf die Pflastersteine. In der Mitte der Gasse bildete sich aus einem Rinnsal bereits ein kleiner Bach. Und Alice bemerkte, dass das Rauschen des Regens nicht überall auf der Welt gleich klang.

Alice ging in Richtung Fischerhafen, schloss für ein paar Schritte die Augen und lauschte dem Regen. Er veränderte die Stadtgeräusche. Die feuchte Oberfläche machte sie messerscharf.

Auf dem grossen Platz vor dem Fischerhafen schaute sich Alice um. Die Tische und Stühle der Restaurants standen verlassen da. Regen prasselte auf sie nieder. In einigen Bars leuchtete Licht.

Alice sah sich nach Sandro um. Sein Schiff schaukelte neben Ausflugsbooten in den Wellen. Die Seile knarzten. Niemand war auf den Schiffen zu sehen. Die Hitze war weggefegt. Alice setzte sich auf eine Bank unter einer Laterne und blickte aufs Meer hinaus. Sie dachte an Etna. Sie stellte sich vor, sie würde neben ihr auf der Bank sitzen und mit ihr den Wellen zuschauen. Sie würden nicht miteinander sprechen, weil es keine Worte brauchte. Alice hatte ihr noch immer keinen Brief geschrieben. Sie wusste nicht, was sie ihrer Tochter schreiben sollte. Wahrscheinlich würde Etna sowieso nicht hier im Regen mit ihr sitzen und wenn doch, dann hätte sie einen Schirm aufgespannt. Alice hörte rasche Schritte und drehte sich um. Eine grosse Frau hastete an ihr vorbei. Sie war schwanger. Die Haare klebten ihr im Gesicht. Sie schaute Alice an, wandte den Blick aber sofort wieder von ihr ab und ging weiter.

44

Halb sechs zeigt Jonas' Pendeluhr. Hinter den Wohnzimmerfenstern wölbt sich der Himmel wolkenlos über die Landschaft. Fahl schaut der Mond auf den Dschungel herab.

Montag. Jeder Tag gleicht dem anderen. Die Zeiten, als das noch anders war, sind Jonas fern. Nur noch in Gedanken kann er sie für einen Moment erhaschen.

Auch diesen Montag werde ich wie einen Stein auf einen Faden aufreihen können, denkt Jonas. Am Ende entsteht eine Kette aus Tagen.

Und doch ist heute etwas anders. Juna kommt nicht. Das erste Mal seit Alice' Verschwinden. Unruhig geht Jonas auf und ab. Will sie anrufen. Bereut, dass er die Rechnungen für seinen Telefonanschluss nicht bezahlt hat. Steht auf der Galerie am Fenster und schaut auf die Strasse vor seinem Haus.

Gegen Mittag hört er den Motor eines Autos. Dann braust Etna heran und bremst abrupt vor seinem Haus. Lässt den Motor noch einmal aufheulen. Ihr Zeichen. Jonas weiss nicht, was sie ihm damit sagen will. Eine Hand hat er bereits an den Fensterknauf gelegt. Bereit, es zu öffnen und Etna nach Juna zu fragen. Jonas schaut gebannt auf das Auto. Versucht, Etnas Gesicht hinter den verdunkelten Scheiben zu erkennen. Aber er sieht nur ihre Silhouette. Dann öffnet sich die Wagentür. Etna steigt aus. Ihr wurstförmiger Hund hüpft hinter ihr auf die Strasse. Er wählt einen Busch vor dem Haus, um sein Geschäft zu erledigen. Etna sieht sich nicht um. Zielstrebig geht sie zum Gartenzaun und wirft einen Zettel über die Büsche. In ihrem Blick liegt Traurigkeit.

Jonas' Hand klammert sich an den Fensterknauf. Er zögert. Was auf dem Zettel steht, weiss er genau. Noch einundzwanzig

Tage bleiben ihm, bis Etna die Bagger auffahren lässt und eine Mauer nach der anderen krachend zu Boden geht. Dann will Jonas nicht mehr hier sein.

Ehe er sich's versieht, ist Etna wieder in ihr Auto gestiegen. Startet den Motor und braust davon. Jonas' Hand umklammerte den Fensterknauf. Die Knöchel zeichnen sich weiss ab. Das Fenster bleibt geschlossen.

45

Als Sandro das nächste Mal auf Alice' Dachterrasse erschien, lag ein breites Lächeln auf seinem Gesicht. Er wollte sich nicht setzen, sondern ihr nur eine Nachricht überbringen. In der Gelateria am Hafen wurde eine Aushilfskraft gesucht. Alice konnte am Nachmittag anfangen. So schnell wie Sandro auf ihrer Dachterrasse aufgetaucht war, war er wieder verschwunden.

Alice blieb sitzen, konnte sich nicht bewegen. Sie freute sich, gleichzeitig fürchtete sie sich vor dem Neuen, Unbekannten. Würde sie ihre Arbeit in der Eisdiele gut machen, würde sie sich verständigen können, würde sie durchhalten, regelmässig einer Arbeit nachzugehen? Alice erhob sich und versuchte ihre Angst abzuschütteln. Sie schaute zum Vulkan. Die graue Wolke stand noch immer über dem Gipfel. Der Vulkan schien zu schlafen. Seine gewaltigen dunkelgrauen Flügel sahen bedrohlich aus. Vielleicht waren sie im Winter weiss wie die Schwingen eines Schwans.

Viele Jahre waren vergangen, seit Alice das letzte Mal regelmässig gearbeitet hatte. Fern waren ihr die Bilder vom Kindergarten geworden. Bis zum Tod des Kindes hatte sie dort gearbeitet. Nie hätte sie sich damals vorstellen können, ihren Beruf aufzugeben. Auch als Etna und später das Kind geboren wurden, hatte sie nach einigen Monaten wieder angefangen zu arbeiten. Direkt nach ihrer Ausbildung hatte sie den Kindergarten übernehmen können, weil die Vorgängerin pensioniert worden war. Sie strich die Wände neu, hängte andere Bilder auf und stellte die Möbel um. Jonas half ihr. Sie baute mit Tüchern Zelte zum Träumen, bastelte mit Kartonschachteln Häuser als Verstecke und installierte an der Wand eine Staffelei zum Malen.

Der Gedanke, bereits am Nachmittag in der Eisdiele anzufangen, machte Alice nervös. Um sich abzulenken, nahm sie den Besen aus der Ecke und begann den Steinboden der Dachterrasse zu kehren. Doch ihre Gedanken drehten sich weiter wie ein Karussell.

Nach dem Tod des Kindes bot Paul Alice an, in der Metzgerei als Verkäuferin anzufangen. Hanna werde ihr alles zeigen. Vier Tage hielt Alice durch, dann musste sie aufgeben. Jonas und Paul waren davon überzeugt, dass sie wegen der Krankheit noch nicht so weit war. Alice nannte die Krankheit Verlust. Jonas sagte: Du hast es probiert, es hat nicht geklappt. Kein Problem. Gut, dass du aufgehört hast.

Alice hatte mit keinem Wort gesagt, dass sie zu schwach oder zu traurig für die Arbeit gewesen war. Sie hatte es nicht ertragen, jeden Tag mitten im toten Fleisch zu stehen. Es anzufassen, zu verkaufen. Seit Alice in der Metzgerei gearbeitet hatte, konnte sie kein Fleisch mehr essen. Schon beim Gedanken daran wurde ihr übel. Jonas wollte es zuerst nicht wahr haben, kochte stur Braten, Steaks und Gehacktes. Alice versuchte damals, ihm zuliebe davon zu essen. Um ihm zu zeigen, dass sie normal und gesund war. Aber sie musste sich jedes Mal übergeben. Nur Fisch ass sie gerne. Tote Fische hatten sie nie geekelt.

Schon in wenigen Stunden werde ich wieder hinter einem Tresen stehen, dachte Alice. Aber diesmal werde ich nicht auf totes Fleisch blicken und ständig das Flappen des Gummivorhangs hinter mir hören müssen. Ich werde auf bunte Eisberge blicken. Die kleine, farbige Arktis, die sie sich vorstellte, gefiel ihr. An der Gelateria, die Sandro genannt hatte, war sie auch schon vorbeigegangen, besucht hatte sie sie aber noch nie.

Alice stand vor dem Spiegel, kämmte sich das Haar, setzte etwas Wimperntusche und Rouge auf. Sie wollte schön sein, wollte gepflegt aussehen. Nicht wie eine, die seit Jahren nicht mehr gearbeitet hatte, eine, die auf der Flucht war. Niemand sollte ihrem Gesicht ablesen können, was sie hinter sich gelassen hatte. Sie hoffte, dass ihre neue Chefin nicht zu viele Fragen stellte. Alice spürte tief in ihrem Innern die Kraft des Vulkans. Entfacht von mikroskopisch kleinen Partikeln. In ihren Adern glaubte sie das ruhige Fliessen der Lava zu spüren. Explosionen bahnten sich an.

Alice blieb auf der zweiten Stufe zur Eisdiele stehen, atmete tief ein und aus. Sie schwitzte. Ihr Herz klopfte nicht, es hämmerte gegen den Brustkorb, als wollte es ihr sagen: Nun musst du dich präsentieren.

Alice wollte umkehren, die Stufen hinuntersteigen und um die Ecke in die nächste Gasse einbiegen. Aber wie hätte sie das Sandro erklären können? Er hätte sie nicht verstanden. Und sie sich selbst auch nicht. Wieder zu arbeiten, das hatte sie sich schon so lange gewünscht. Jetzt war diese Aufgabe nur noch drei Stufen von ihr entfernt.

Alice stieg die letzte Stufe hinauf und öffnete die Tür. Glöckchen schellten, die an einer Schnur über dem Eingang hingen. Ein Ventilator drehte seine Propellerflügel. Es war angenehm kühl und roch nach Erdbeerkaugummi. Weisse und hellblaue Kacheln wechselten sich an den Wänden ab. Dazwischen waren vereinzelt Kacheln mit pinkfarbenen Seerosen verlegt. Zwei kleine, runde Marmortische mit jeweils drei Holzstühlen, in den Farben der Kacheln, warteten am grossen Fenster auf Kunden. Ein Ständer mit weissen Servietten und eine Schüssel mit farbigen Plastiklöffeln stand in der Mitte der Tische. Aus den Lautsprechern in den Ecken sang Lenny Kravitz *Let Love Rule*. Hinter dem Glas der Auslage türmten sich kunstvoll drapierte, farbige Eisberge. Hinter der Theke ersetzte ein Duschvorhang die Tür zu einem dahinterliegenden Raum.

Die Einrichtung der Eisdiele war einfach. Aber Alice gefiel es hier. Sie hatte noch keinen Gegenstand entdeckt, der in ihr das beklemmende Gefühl hervorrief, ihn wegwerfen zu müssen. Nicht nur bei sich zu Hause spürte sie das Bedürfnis nach Einzelstücken. In überfüllten Räumen konnte sie kaum mehr atmen. Selbst ein offenes Fenster konnte ihr da nicht helfen. Aber hier sah sie keine Gefahr, hier würde sie sich nicht einsam fühlen.

Der Duschvorhang wurde zur Seite geschoben, eine Frau mit grossen, dunklen Augen lächelte sie an und kam auf sie zu. Sie war bestimmt zwei Köpfe grösser als Alice. Sie war schwanger und sah zerbrechlich aus. Alice schätzte sie auf Ende dreissig. Es war die Frau, die sie nachts am Hafen gesehen hatte. Die Frau schien sie auch erkannt zu haben. Sie streckte ihr die Hand entgegen und stellte sich als Sara vor. Ihre Stimme hatte einen warmen Klang. Alice nahm ihre Hand. Sie war kalt und knochig.

46

Die Sonne ist bereits untergegangen. Der Himmel strahlt weiter in einem fernen Blau. Jonas hat den Tag im Haus verbracht. Wartend. Aber Juna ist nicht gekommen. Irgendwann hat er aufgegeben und es sich auf einem rostigen Liegestuhl im Dschungel gemütlich gemacht. Er sieht den Veränderungen des Lichts zu. Hunger macht sich in ihm breit. Hunger hat er schon lange nicht mehr verspürt. Gegessen hat er nur, weil seine Vernunft und Juna ihn daran erinnert haben. Nun verspürt er unbändige Lust nach gegrilltem Fleisch. Der Fuchs ist bestimmt ebenfalls hungrig. Bald wird er auftauchen.

Jonas bahnt sich einen Weg zum Gartenhaus. Sträucher umwuchern das schiefe Holzhaus. Die Türscharniere sind rostig. Pilze und Flechten sind am Holz hochgewandert und haben sich ausgebreitet. Bevor Jonas die Tür öffnen kann, muss er das hohe Gras flach treten und Äste wegschaffen. Viele Jahre ist diese Tür verschlossen gewesen. Die Werkzeuge im Gartenhaus hat er nicht mehr benutzt, seit Alice in die Klinik eingewiesen worden war.

Es ist Alice' Gartenhaus.

Hanna betonte oft, dass ihr ein langsam vor sich hinwuchernder Garten lieber wäre. Und Jonas hatte sowieso immer weniger Zeit, sich um die Blumen, Büsche und Bäume zu kümmern. Hanna brauchte ihn. Seit jenem Anruf, als sie ihm weinend von ihrer Diagnose erzählt hatte und er sie zu sich einlud, war Nähe zwischen ihnen. Nähe, die er bereits vor vielen Jahren gespürt hatte. Nun konnte er sie ausleben.

Mit einem Ruck öffnet Jonas die Tür. Der Geruch von Mäusekot und ewigem Schatten schlägt ihm entgegen. Zwischen verrosteten Gartengeräten steht ein zerzauster Sonnenschirm. Erinnerungen breiten sich vor Jonas aus. Es ist, als könnte er sich umdrehen und Alice stünde in einem Sommerkleid vor ihm. Zu einer Zeit, als Finn und Etna noch über die Wälle des frisch gemähten Grases hüpften. Jonas dreht sich nicht um. Er schiebt die Erinnerungen zur Seite.

In der hintersten Ecke entdeckt er den Grill. Eine halbe Stunde dauert das Entfernen von Spinnweben und altem Fett. Trockenes, gespaltenes Holz findet Jonas im Keller. Bald mischt sich der Geruch von gegrilltem Fleisch unter die Sommerdüfte des

Dschungels. Jonas hantiert mit der Grillzange und hört, wie Vivaldi in die Nacht geigt. Als das Steak auf dem Grill gar ist, taucht der Fuchs auf. Er hält die Schnauze in die Luft und schnuppert. Winselt zur Begrüssung. Geht zu seinem Napf. Jonas legt sein Steak auf einen Teller und hört Schritte im Haus. Er sieht sich um. Juna steht im Türrahmen. Erst schaut sie ihn an. Dann den Fuchs.

47

Sara führte Alice durch die Eisdiele und den kleinen Raum hinter dem Duschvorhang. Sie zeigte ihr stolz die einzelnen Bereiche und erklärte ihr die Herkunft und Funktion eines jeden Gegenstandes. Das tat sie, als würde sie den Lebenslauf eines Menschen erzählen. Offenbar kannte sie die Geschichte jedes Möbelstücks. Dabei legte sie zwischendurch immer wieder die Hand auf ihren Bauch. Alice fragte sich, ob Sara das alles ihr oder dem Baby erzählte. Alle Möbelstücke, ausser der Theke, waren Gebrauchtgegenstände. Sara hatte sie im Brockenhaus gefunden oder von Freunden geschenkt bekommen. Die Stühle hatte sie in mühsamer Arbeit selber abgelaugt, geschliffen und neu lackiert. Beim Fliesen der Kacheln hatte ihr Sandro geholfen. Er ist mein Vater, erwähnte sie in einem Nebensatz. Alice schaute sie überrascht an. Sandro hatte ihr nie erzählt, dass er eine Tochter hatte.

Ich bin im sechsten Monat. Sara legte die Hand auf ihren Bauch. Das lange Stehen und die Hitze bereiten mir Mühe. Die Beine sind ständig geschwollen. Die Stützstrümpfe kann ich mir wegen dem Bauch nicht mehr selber anziehen. Ich bin allein mit all dem, schloss Sara ihre Erklärungen.

Ihre Augen wurden glasig, die Hand auf dem Bauch wurde

zum Ohr, das lauschte, ob das Baby strampelte oder gluckste. Alice fühlte sich ausgeschlossen. Am liebsten hätte sie auch ihre Hand auf Saras Bauch gelegt.

Alice beneidete Sara um den Hautmantel, der sie und das Baby zu zwei in einem machte. Es tat Alice weh. Den Schmerz wollte sie am liebsten gleich in einen dicken Verband einwickeln. Aber sie wusste nicht, welche Gedanken als Verband dienen könnten. Alice spürte den Vulkan in sich brodeln. Nur sie wusste vom bevorstehenden Ausbruch. Lange würde es nicht mehr dauern.

Mit der Zeit wird jeder Schmerz kleiner. Das haben Schmerzen so an sich, hatte der Schnauz, an dessen Tür ein Schild mit mehreren Doktortiteln angebracht war, zu ihr gesagt. Sie hatte seine Sätze wie ein Schwamm aufgesaugt, der Hoffnung heisst. Jonas, der bei jeder Sitzung neben ihr sass, hatte bestätigend genickt. Heute verglich sie Jonas' Nicken mit Holzschildkröten, die mit dem Kopf wackeln, sobald man sie berührt. Er und der Schnauz waren ausnahmslos einer Meinung gewesen. Derart, dass Alice ihnen jedes Wort geglaubt hatte.

Sara holte sie aus den Gedanken zurück, fragte: Kann ich dich nun in der Gelateria alleine lassen?

Alice sah erst zu den farbigen Eisbergen, dann zum Turm aus Konfekt. Je länger sie ihn anschaute, desto höher wurde er. Alles, was Sara erzählt und erklärt hatte, alle Informationen, die sie nicht vergessen durfte, waren weggefegt. Ihr Mund und ihr Hals waren trocken, sie konnte nichts sagen, sich nicht bewegen, nur schweigen. Panik stieg in ihr auf. Viel zu viele Wörter hatte sie gehört. Sie machten ihr das Atmen schwer. Warum waren Wörter nicht greifbar? Alice hätte sie gerne wie ein Stück Faden aus ihrem Kopf herausgezogen und Sara vorgelesen.

Statt der gesuchten Wörter reihten sich Fragen aneinander, die sie nur schwer auseinanderhalten konnte. Wie sollte sie es alleine schaffen in der Eisdiele? Woher die Kraft nehmen? Wie die Abläufe richtig und zuverlässig ausführen? Sie war kein getaktetes Uhrwerk. Im Gegenteil.

Alice erwiderte Saras erwartungsvollen Blick mit einem schweigenden Nicken. Gross war ihre Angst, sie zu enttäuschen. In diesem Moment durfte sie keine Schwäche zeigen. Sara würde sonst Fragen stellen, zuerst ihr, dann Sandro. Nun erinnerte sie Saras Gesicht an das einer Nachrichtensprecherin, das früher immer wieder über den Bildschirm geflimmert war. Die beiden Gesichter schoben sich übereinander. Sie waren kaum mehr zu unterscheiden. Irgendwann hatte sich Alice angeeignet, Veränderungen ihres Gegenübers mikroskopisch genau zu beobachten. Sie war sicher, dass Sara geschickt vorgehen und ihr, ohne dass sie es merkte, Informationen entlocken würde. Heimlich würde Sara anfangen zu recherchieren und irgendwann zu viel über sie wissen. Ihr sanfter Blick würde mitleidig werden, das Lachen von ihrem Gesicht verschwinden. Mittlerweile kannte Alice den Übergang von der Unvoreingenommenheit zum Mitleid nur zu gut. Es war jeweils, als ob ein Schalter gedrückt und der Lichtkegel eines Scheinwerfers verändert würde. Deshalb schwieg sie jetzt lieber. Schob die Vergangenheit in eine Kammer, schloss die Tür, verriegelte sie mit Kette und Vorhängeschloss.

Sara winkte zum Abschied. Ihre Hand bewegte sich etwas zu nahe vor Alice' Gesicht.

Die Nachrichtensprecherin putzt eine Fensterscheibe, ging es Alice durch den Kopf. Dann bemerkte sie, dass sie noch immer nickte. Unsicher sah sie sich um. Niemand sonst hatte sie beobachtet. Die Glöckchen an der Schnur über dem Eingang schellten, als Sara die Tür hinter sich schloss.

Alice konnte sich nicht von der Stelle rühren.

Sara fixierte sie einen Moment zu lange durch die Glastür. Sara sah nun wieder aus wie Sara.

Alice fühlte sich wie ein Fisch in einem Aquarium. Sie schaute Sara nach, wie sie die Stufen hinunterstieg, kurz stehenblieb und sich mit einer Hand durch die Haare fuhr, als posiere sie für ein Foto. Dann verschwand sie aus dem Fensterrahmen. Im Radio sang Eros Ramazzotti ein schnulziges Lied.

Alice machte sich einen Kaffee und setzte sich an den Marmortisch mit dem besten Ausblick auf die Gasse. Sie musste nicht lange warten, bis zwei Kinder den Laden betraten. Himbeer- und Schokoladeneis wollten sie haben. Sie hielten sich an der Hand. Selbst als Alice ihnen die Eiswaffeln entgegenstreckte, liessen sie sich nicht los. Und Alice konnte ihre Gedanken für einen Moment nicht steuern. Sie sah das Kind und Etna vor sich. Sie sah den Moment, an dem sie an jenem eiskalten Morgen hinter der Kurve verschwunden waren. Den Rücken des Kindes, die Konturen. Die blaue Wollmütze, den Skianzug. Die Hände von Etna und dem Kind. Etna war nur noch ein Schatten in diesem Bild. Beim Spazieren hatten sie sich andauernd an den Händen gehalten. Alice hatte keine Geschwister. Und ihr Kind war tot.

48

Jonas bleibt stehen. Unfähig sich zu rühren. Seine Füsse kleben an der Erde fest. In seinem Blickfeld Juna und der volle Futternapf. Auf dem Teller in seiner Hand das Steak.

Juna kommt auf ihn zu. Umarmt ihn zur Begrüssung. Jonas weiss nicht, wohin mit dem Teller und seiner anderen leeren Hand. Also lässt er sie hilflos an sich herunterhängen.

Jetzt bist du da, sagt er.

Aber der Fuchs bleibt verschwunden. Juna deutet mit dem Kinn auf den Futternapf: Du fütterst wilde Katzen! Darum brauchst du so viel Fleisch.

Die Freundschaft zwischen ihm und dem Fuchs ist keinen Sommer alt. Jonas sucht nach einer Antwort. Schiebt mögliche Sätze in seinem Kopf hin und her. Dann nickt er und bietet Juna die Hälfte des Steaks und Salat an.

Lieber will ich dir beim Essen zuschauen, antwortet sie und streicht sich die Haare aus dem Gesicht. Sie späht in den Dschungel, als würde sie nach etwas suchen.

Jonas erwägt, ob er Juna erzählen soll, dass Etna hier bald die Bagger auffahren lässt. Unter welcher Decke Juna steckt, weiss er aber nicht. Wo warst du?, fragt er.

Vivaldi ist dein Freund geworden, entgegnet Juna.

Nun hat der Fuchs einen Namen.

49

Das bunte Eis kunstvoll mit dem Spachtel auf die Waffel zu türmen, fiel Alice schwer. Dabei hatte alles so leicht ausgesehen, als Sara es ihr vorgeführt hatte. Geschickt und flink hatte sie das Eis auf die Waffel drapiert und Alice wortlos entgegengestreckt. Alice kämpfte mit dem Spachtel, die Waffeln zerbrachen in ihren Händen, eine nach der anderen. Augenpaare aus namenlosen Gesichtern schauten ihr zu. Alice spürte, wie die Blicke über ihr Gesicht, ihren Hals, ihre Brüste, die nackten Arme und ihre Hände glitten. Sie schwitzte unter den Blicken, konnte die Eissorten nicht mehr auseinanderhalten. Sie starrte in die Auslage. Sah die Fingerabdrücke auf der anderen Seite der Glasscheibe. Überlegte sich, ob Finger auch auf Eis Abdrücke hinterliessen. Nahm sich vor, es bei einem Eiswürfel auszuprobieren. Unterdessen hatte sie vergessen, welche Eissorte bestellt worden war. Ungeduldig wurde mit den Zeigefingern gegen die Glasscheibe der Auslage gepocht. Sie war erleichtert, als sie wieder alleine in der Eisdiele war.

Als es hinter der grossen Fensterscheibe dunkel wurde, nahm Alice die Eiswürfelschale aus dem Gefrierfach. Sie klopfte einen Würfel heraus, legte ihn auf den Teller vor sich. Dann drückte sie ihren Zeigefinger auf das Eis. Der Abdruck blieb zurück. Das Kind hatte Fingerabdrücke auf dem gefrorenen Fluss hinterlassen. Im Frühling hatte die Sonne sie weggeschmolzen. Alice sah die kleine Hand des Kindes vor sich, spürte ihre Wärme, wollte über die abgekauten Fingernägel streichen. Doch Alice griff ins Leere. Sie drehte die Lautstärke des Radios auf, um das Gedankenkarussell zu stoppen. Den Eiswürfel legte sie nicht zurück in die Schale. Sie versteckte ihn hinter einer Packung Himbeeren im Gefrierfach.

50

Es ist Montag. Auf ihrem letzten Zettel, der in seinen Dschungel geflogen kam, hat Etna angekündigt, dass Jonas noch vierzehn Tage bleiben kann. Das Blatt hängt, neben den anderen mit einer Wäscheklammer befestigt, an der Schnur in seinem Schlafzimmer. Wenn draussen Wind aufkommt, öffnet er das Fenster. Das Rascheln der Blätter klingt wie das Flüstern von Etna.

Jonas sitzt im Wohnzimmer und wartet auf Juna. Sie hat vor einer Woche beschlossen, dass es besser für ihn sei, wenn er sich befreie. Er vertraut ihr. Männer hat sie bestellt. Alle Möbel, die er nicht mehr braucht, werden sie aus dem Haus tragen. Jonas fragt sich, ob Paul oder Etna die Fäden führten, an denen er zappelt. Und wer dirigiert Juna?

Jonas hört, wie ein Lastwagen vorfährt. Kurze Zeit später dreht Juna den Schlüssel und öffnet die Tür. Jonas bleibt im Wohnzimmer sitzen und lauscht. Schwere Schritte in der Eingangshalle. Mindestens drei Männer müssen es sein. Juna gibt

Anweisungen. Dann kommt sie zu ihm hinüber. Küsst ihn auf die Wangen. Hüllt ihn kurz ein in ihren Duft, der ihn an Hanna erinnert. Kurz darauf ist sie wieder verschwunden. Jonas beobachtet. Juna schliesst einen Raum nach dem anderen auf, öffnet die Fensterläden. Zieht die Leintücher von den Möbeln und wirft sie auf einen Haufen. Jonas steht auf der Galerie, lehnt sich an die Brüstung. Unter den Leintüchern kommt sein altes Büro zum Vorschein. Es sieht aus, als hätte er seinen Arbeitsplatz gerade erst verlassen. Jonas geht näher. Die Möbel sehen unversehrt aus. Unbeschadet haben sie alles, was in diesem Haus passiert ist, überstanden. Während er vergeblich versucht hat, ein Leintuch über sich, über das ganze Haus zu legen.

Jonas sieht Junas Bewegungen an, dass sie überzeugt ist, Gutes zu tun. Einige Leintücher schüttelt sie am Fenster aus. Bleibt jeweils einen Moment reglos stehen und sieht den Staubwolken im Sonnenlicht nach. Jonas schaut auf den Haufen Leintücher, der grösser wird und bald aussieht wie ein Tier. Und als das Tier eine unerträgliche Grösse erreicht hat, sagt Jonas zu Juna: Du kannst alles haben. Alles.

Sie schweigt. Schwitzende Männer schleppen Möbel an ihm vorbei. Eines nach dem anderen verschwindet im Lastwagen vor seinem Haus. Jonas zieht sich ins Wohnzimmer zurück. Wenn in zwei Wochen die Bagger hier auffahren und eine Mauer nach der anderen krachend zu Boden geht, will er nicht mehr hier sein. Irgendwann kehrt Stille ein.

Juna winkt zum Abschied von der Türschwelle aus.

Sein Haus, das einmal voller Leben war, hat sich jetzt auf zwei Räume reduziert. Sechs von acht Zimmern sind leer.

51

Der Tag hatte der Nacht Platz gemacht. Alice war in Gedanken ganz nah beim Vulkan. Mit schnaufenden Geräuschen blies er seine orangen Atemwolken in die Dunkelheit. Unablässig warf er geschmolzenes Gestein aus. Der Erdboden dampfte. Winde hatten die Asche um den Kegel dünenartig aufgehäuft. Bäume waren nur noch verkohlte Statisten.

Alice sass im Dunkeln vor einer Tasse Kaffee, als Sara die Eisdiele betrat. Nur die Lampen in der Auslage spendeten Licht. Alice knusperte an der Waffel ihres dritten Eises. Das Radio hatte sie gleichzeitig mit dem Licht ausgeschaltet. Sara kam eine halbe Stunde zu spät und brachte den Duft von Rosen mit. Sie trug ein dünnes Kleid. Liess sich neben Alice auf einen Stuhl fallen und atmete geräuschvoll aus. Sie legte die Hand auf ihren Bauch.

Alice hatte auch immer wieder die Hand auf ihren Bauch gelegt, als sie schwanger mit Etna und später dem Kind gewesen war.

Das Licht in der Eisauslage flackerte. Alice fragte sich, wo Sara ihre Hand hinlegen würde, wenn ihr Baby nicht mehr in ihrem Bauch war. Alice' Hände hatten keine Aufgabe mehr. Das Eis war in ihrem Magen verschwunden, die Tasse leer.

Saras Augen umgab ein Schatten. In ihrem schönen Gesicht hatte sich die Erschöpfung wie ein Tintenfleck ausgebreitet.

Alice kannte diesen Blick. Im Badezimmerspiegel hatte sie ihn bei sich selbst gesehen. Alice wollte Sara ihre Hand auf die Schulter legen. Aber ihr Arm blieb auf dem Tisch liegen.

Alice zog sich wieder zurück. Erinnerungsbilder tauchten auf. Vor mehr als sechzehn Jahren hatte sie noch einmal schwanger werden wollen. Ihr vierzigster Geburtstag war unaufhaltsam näher gerückt. Das Ticken der Uhr war unerträglich laut geworden. Sie konnte sich nicht mehr vom Kinderwunsch befreien. Dachte Tag und Nacht daran. Wurde zur Schlaflosen. Jonas nahm an, dass die Krankheit wieder schlimmer wurde. Nun wischte er mit dem Lappen jeweils zweimal über ihr Nachttischchen. Jeder Fleck und jeder Wasserring auf dem Holz schien eine Gefahr für ihr Gleichgewicht zu sein. Alice aber liebte Oberflächen mit Zeichen und Spuren. In jenen Tagen jedoch nahm sie Jonas' hastige Wischbewegungen nur flüchtig wahr. Denn ihre Gedanken waren nur bei ihrem Wunsch. Und sie beschloss, ihn sich zu erfüllen. Jonas erzählte sie nicht davon. Mitten in der Nacht stand sie auf. Barfuss ging sie über den grünen Teppich auf der Galerie. An Etnas Zimmertür vorbei. Dann erreichte sie Jonas' Zimmer und blieb stehen. Eine Hand legte sie auf die Klinke und schaute zur Fensterfront auf der anderen Seite der Galerie. Alice wusste plötzlich nicht, ob sie in einem Aquarium war oder ob sich das Aquarium auf der anderen Seite des Fensterglases befand. Sie spürte die Wärme des Kindes in ihrem Bauch, seine Bewegungen. Der Flügelschlag eines Insekts.

Alice drückte die Klinke nach unten und schlüpfte in Jonas' Zimmer. Sie legte sich wie früher auf ihre Seite des Bettes und wühlte unter der Decke nach ihm. Im Halbschlaf zog er sie an sich, legte die Arme um sie, schob ein Bein zwischen ihre Schenkel. Ein paar Atemzüge später schreckte er vor ihr zurück. Löste seine Hand aus ihren Haaren. Drehte sich auf den Rücken.

Alice versuchte ihre Hand in seine Unterhose zu schieben, ihn nicht nachdenken zu lassen. Auf ihre Zunge legte sich ein bitterer Geschmack. Jonas wehrte sich nicht, als sie ihm die Unterhose auszog und sich auf ihn legte. Ihre Atemzüge waren nicht im selben Takt. Jonas bewegte sich erst kaum mit ihr. Plötzlich packte er sie an den Schultern und drehte sie auf den

Rücken. Er bewegte sich schnell und tief in ihr. Und trotzdem gab es keine Nähe zwischen ihnen. Ihren Körper beachtete er nicht. Es spielte keine Rolle, wer unter ihm lag. Alice wusste nicht, ob es Gier oder Sehnsucht war, die ihn antrieb.

Danach sackte er auf ihr zusammen. Er legte seinen Kopf auf ihre Brüste. Wie er es früher immer getan hatte. Und doch war alles anders. Alice hoffte, dass dieses eine Mal gereicht hatte, um schwanger zu werden.

Alice hatte schon vor Wochen aufgehört, die Pille zu nehmen. Auch alle anderen Medikamente nahm sie nicht mehr. Sie war überzeugt, dass der Schnauz und die weissgekittelten Menschen mit den Laborbrillen nicht wollten, dass Verrückte, Kranke oder Depressive Kinder bekamen.

Ein Stempel mit einem Fachbegriff war ihr aufgedrückt worden. Auf diese Weise kategorisiert, war sie einfach zu behandeln gewesen. Und die Weisskittel und Jonas schienen erleichtert über das Wort Diagnose. Als besitze es eine heilende Kraft. Alice hatte die Medikamente jeden Morgen und Abend ins Klo geworfen. Wie winzige bunte Boote waren sie im Wasser geschwommen, bevor sie von der Spülung erfasst worden waren.

Alice hatte sich nie die Frage gestellt, ob sie die Pille noch brauchte. Denn Jonas hatte sich schon lange nicht mehr neben sie gelegt. Nach der Nacht mit Jonas hörte sie jeden Morgen in sich hinein.

Fragte: Ist da jemand? Aber niemand antwortete ihr. Stattdessen fühlte sie sich leer und wünschte sich noch sehnlicher, diese Leere mit einem Kind zu füllen.

Nach ein paar Tagen hielt Alice es nicht mehr aus. Die ganze Nacht hatte sie wieder nur wach gelegen. Hatte sich von einer Seite auf die andere gewälzt. Die Matratze war erst zu hart, gleich darauf zu weich gewesen. Alice schwitzte und fror zugleich. Versuchte ständig, in sich hineinzulauschen. Aber es blieb still. Am liebsten hätte sie ihr Ohr auf ihren Bauch gelegt. Stattdessen zählte sie die Schläge der Kirchenglocken. Auf die Uhr brauchte sie nicht zu schauen. Ihr Ticken war allgegenwärtig.

Kaum legten sich Sonnenstrahlen auf das Parkett in ihrem Zimmer, warf sie die Bettdecke zurück und stand auf. Im Bad spritzte sie sich kaltes Wasser ins Gesicht und putzte die Zähne. Dann zog sie die Wanderschuhe an, schulterte den Rucksack.

Jonas beobachtete sie von der Galerie aus. Er verfolgte sie wie ein Schatten. Stellte keine Fragen.

Alice behauptete, am Abend wieder zurück zu sein. Mit dem Zug fuhr sie in die nächstgelegene grössere Stadt. Dort bahnte sie sich in der Bahnhofunterführung einen Weg durch die Menschenmenge zu den Rolltreppen. Alle schienen in die entgegengesetzte Richtung zu hetzen, kamen mit grossen Schritten auf sie zu, wichen ihr im letzten Moment aus. Taschen, Rucksäcke und Koffer streiften sie.

Alice trug ihren Rucksack schützend vor dem Bauch. Sie liess sich von der Rolltreppe nach oben tragen. Schaute zurück in die Maschinerie des Bahnhofs, diese Fabrik.

Alice stieg in den ersten Bus, der vor dem Bahnhof hielt. Fuhr aus dem Zentrum in ein Quartier, das sie nicht kannte. Bei der Endstation stieg sie aus. Sie schaute sich um. Hochhäuser ragten in den Himmel. Alt und grau sahen sie aus. Selbst der Himmel schien dunkler zu sein, obwohl die Sonne auf den Beton knallte. Sie versuchte, die Stockwerke zu zählen. Beim vierzehnten Stock gab sie auf. Ihr Nacken fühlte sich steif an, die Augen waren trocken. Sie überquerte die Strasse und blieb auf dem Bürgersteig stehen. Menschen gingen an ihr vorbei. Sprachfetzen flogen an ihr vorbei. Sie verstand kaum ein Wort. Kinderlachen. Es gefiel ihr hier. Die Luft vibrierte, war voller Leben. Niemand kannte Alice. Sie hatte von den Hochhäusern, den günstigen Mietpreisen, den ungezogenen Kindern und den verschiedenen Kulturen gehört. War im Zug an den Hochhäusern vorbeigerauscht. Aber besucht hatte sie diesen Ort noch nie zuvor. Alice schaute an sich hinunter. Sah die blaue Stoffhose, die Wanderschuhe und fühlte sich fehl am Platz.

Zwischen den Hochhäusern gab es eine Grünfläche. Ein paar Holzbänke. Einen Spielplatz. Die Geräte erinnerten Alice an Knochengerüste. Sie schaute sich nach einer Apotheke um. Aber sie sah nur ein Lebensmittelgeschäft, das Früchte und Gemüse in einer Auslage anbot. Sie steuerte darauf zu. Die Tür stand weit offen, Alice trat ein. An der Kasse sass eine junge Frau. Sie trug ein pinkfarbenes Kopftuch und grüsste freundlich. Alice sah, dass sie beinahe noch ein Kind war. Alice nickte ihr zu. Hastig versuchte sie, hinter einem Regal zu verschwinden. Sie schnupperte. Ein scharfer, süsser Duft stach ihr in die Nase. Sie liess ihren Blick über Dosen und Packungen gleiten. Viele Esswaren hatte sie noch nie gesehen, die Beschriftung konnte sie nicht lesen. Alice fragte sich, was sie kochen würde, wenn sie hier einkaufen müsste.

Was suchen Sie?

Alice zuckte zusammen. Die junge Frau war aus dem Nichts neben ihr aufgetaucht.

Kann ich Ihnen helfen? Die junge Frau lächelte.

Alice schwitzte, wollte etwas sagen, bekam kaum noch Luft. Ihr wurde übel. Der Geruch war plötzlich unerträglich. Wahllos griff sie ins Regal und nahm eine Dose Bohnen. Alice ging zwischen den Hochhäusern hindurch. Ihre Haare flatterten im Wind. Im Rucksack wippten die Dose Bohnen und die Wasserflasche.

Irgendwann blieb sie stehen. Schaute sich um. Sie war umgeben von Schrebergärten, Holzhäuschen und Flaggen verschiedenster Nationen. Steinplattenwege zweigten von der schmalen, geteerten Strasse ab. Alice setzte sich auf eine Bank, neben der ein aufgerollter Gartenschlauch hing. Sie lehnte sich an die von der Sonne gewärmte Rückwand des Holzhäuschens, öffnete ihren Rucksack, nahm die Wasserflasche heraus und trank sie in einem Zug leer. Die Sonne brannte auf der Haut. Das T-Shirt klebte an Rücken und Bauch. Niemand war zu sehen. Bienen summten in einem Brombeerstrauch neben dem Häuschen. In der Ferne ratterte ein Zug vorbei. Alice drehte den Wasserhahn auf, hielt das Schlauchende über ihre Flasche, füllte sie, verschraubte sie und legte sie zurück in den Rucksack. Alice nahm die Dose heraus. Rote Bohnen waren auf dem Etikett abgebildet. Den Schriftzug konnte sie nicht lesen. Alice hatte noch nie rote Bohnen gekocht. Sie stellte die Dose neben dem Rucksack auf den Boden.

Alice löste die Schnürsenkel und schlüpfte aus ihren Wanderschuhen. Die Socken legte sie zum Trocknen über den nächsten Gartenzaun. Dann zog sie ihr T-Shirt, den BH und die Hose aus. Sie entrollte den Schlauch und drehte den Wasserhahn auf. Ein Schrei entfuhr ihr, als der kalte Wasserstrahl ihre Beine traf. Sie hüpfte auf und ab, während sie sich abspritzte. Erst Füsse, dann Beine, Bauch und Rücken. Zum Schluss hielt sie sich den Schlauch wie eine Duschbrause über den Kopf. Sie schloss die Augen. Stellte sich vor, welchen Weg die einzelnen Wassertropfen zurücklegten. Vom Hahn durch den langen Schlauch. Wie sie am Ende von ihm ausgespuckt wurden und auf ihre Haut trafen. Bevor sie dort abperlten. Sich einen Weg suchten, und nach unten rannen.

Langsam wurde ihr kalt unter dem Wasserstrahl. Sie spürte, wie sich Gänsehaut auf ihrem Körper ausbreitete. Wie sich ihre Haare aufrichteten. Alice zitterte und öffnete die Augen. Sie drehte den Wasserhahn zu, rollte den Schlauch zusammen und hängte ihn an seinen Platz zurück. Ein kleiner See hatte sich unter ihren Füssen auf dem Weg gebildet. In alle Richtungen versuchte das Wasser abzufliessen.

Da Alice kein Handtuch dabei hatte, blieb ihr nichts anderes übrig, als sich von der Sonne trocknen zu lassen. Sie legte sich auf die Bank und schloss die Augen. Nach etwa zehn Minuten drehte sie sich auf die andere Seite.

Jonas wechselte beim Sonnenbaden immer alle zehn Minuten die Seite. So bekomme er keinen Sonnenbrand. Alice glaubte, dass es bei ihr genauso sei. Die Zehnminutenmarke hatte sie verinnerlicht. Als sie auf dem Rücken lag und sich auf den Bauch drehte, spürte sie wieder den Flügelschlag des Insekts. Alice setzte sich mit einem Ruck auf und sah sich nach ihren Kleidern um. Da bemerkte sie einen Mann, der hinter der Brombeerhecke stand. Er machte einen Schritt zur Seite und schaute sie an. Er trug eine schwarze Schirmmütze. Eine Sonnenbrille steckte im obersten Knopfloch seines Hemdes. Die Ärmel hatte er nach oben gekrempelt. Seine Hände hatte er in die Hosentasche gesteckt, das Becken leicht nach vorn geschoben. In seinem Hemd und der beigen, kurzen Hose sah er nicht aus, als ob er vorhatte, im Garten zu arbeiten. Er kniff die Augen zusammen, weil ihn die Sonne zu blenden schien. So stand er da, aufrecht, und schaute sie nur an.

Alice bedeckte ihre Brüste mit den Händen. Wollte aufstehen, ihre Kleider holen. Sich etwas überwerfen. Aber das T-Shirt hing fünf Meter entfernt über dem Gartenzaun. Ihr war klar, dass sie an dem Mann vorbei musste, um an ihre Kleider zu gelangen. Er würde sie dann von noch näher betrachten können.

Alice zog ihre Beine eng an den Körper. Sie beschloss, den Mann zu fixieren. So lange, bis es ihm unangenehm sein würde. Sie erforschte sein Gesicht. Die etwas zu grosse Nase, die buschigen Augenbrauen. Sein Blinzeln wie ein Falter. Alice schätzte, dass er höchstens zehn Jahre älter war als sie. Sie legte den Kopf schief. Zeigte ihm den Anflug eines Lächelns. Er biss sich auf die Unterlippe. Sein Gesicht war eine Landschaft, die sie interessierte. In seinen Augen lag etwas Verträumtes.

Alice wollte aufstehen, mit der Fingerkuppe ihres Zeigefingers den Konturen seines Gesichts nachfahren. Aber das ging nicht. Sie war fast nackt und kannte den Mann nicht. Sie wollte etwas sagen. Überlegte, ob ein *Hallo* angebracht sei, nachdem sie sich schon so ausgiebig gemustert hatten. Oder ob *Guten Tag* besser klang. Weil sie sich nicht kannten. Vielleicht sollte sie eine Bemerkung zum Wetter machen. Ihm erzählen, wie gut es ihr gefiel inmitten der Schrebergärten. Währenddessen könnte sie zu ihren Kleidern hinübergehen. Sich T-Shirt und Hose überziehen und einfach weiterreden. Aber bevor Alice ihren Plan im Kopf weiter ausarbeiten konnte, ging der Mann zum Gartenzaun. Er legte ihre Kleider über seinen Arm und kam auf sie zu. Dann stand er vor ihr und blickte auf sie hinunter. Er liess die Kleider von seinem Arm auf die Bank gleiten. Als er lächelte, offenbarte er ihr eine Zahnlücke zwischen seinen Schneidezähnen. Dann drehte er sich um und verschwand hinter einem Holzhäuschen.

Alice schlüpfte in ihre Kleider. Die Wanderschuhe, die Socken und die Dose verstaute sie im Rucksack. Der Zauber war verschwunden. Die Schatten waren länger geworden. Eine feine Brise streifte ihre Haut. Der Boden war glühend heiss unter ihren nackten Füssen. Sie schulterte den Rucksack und machte sich auf den Rückweg. Als sie am Holzhäuschen vorbeiging, hinter dem der Mann verschwunden war, löste sich eine Gestalt aus dem Schatten.

Ihre Füsse, so kam es Alice vor, gingen den Weg alleine. Sie spürte das Gras unter den Füssen, das Kies, die Steinplatten, die zu dem Holzhäuschen führten. Der Mann kam ihr entgegen. Er schien nicht überrascht zu sein.

Vor dem Häuschen war ein Sitzplatz schachbrettartig mit hellen und dunklen Steinplatten ausgelegt. Es gab einen kleinen runden Metalltisch und zwei rote Klappstühle. Auf dem Tisch standen zwei Gläser und ein Wasserkrug. Er hatte auf sie gewartet. Woher wusste er, dass sie kommen würde?

Alice löste die Träger des Rucksacks und liess ihn zu Boden gleiten. Goss sich im Stehen ein Glas Wasser ein, trank es in einem Zug leer. Etwas zu hastig und laut stellte sie es zurück auf den Tisch. Der Mann stand direkt vor ihr. Er beobachtete sie, hatte seine Schirmmütze abgenommen. Die Tür des Holzhäuschens stand eine Handbreit offen. Sie gab den Blick ins Innere aber nicht frei.

Die schwarzen Haare fielen dem Mann in Locken in die Stirn. Alice spürte seinen Atem an ihren Wangen. Sog den fremden, herben Duft ein. Seine dunklen Augen waren so nah. Alice versuchte, ihm gleichzeitig in beide Augen zu schauen. Irgendetwas zu sehen, zu erkennen. Etwas, das sich in Worten ausdrücken liesse. Aber es gab nichts. Es war, als entgleite er ihr. Und zeitgleich sie sich selbst.

Mit dem Zeigefinger strich sie seine Locken zur Seite. Grub ihre Hand in sein Haar. Sie küsste ihn. Sie spürte seine Hand an ihrem Rücken. Spürte seine Zunge auf ihren Lippen und in ihrem Mund. Alice genoss, was geschah. Sie presste sich an seinen Körper, begriff, wie knochig er war. Seine Hände wanderten über ihre Schultern zu ihrem Nacken, während er sie küsste. Dann machte er einen Schritt rückwärts und sie einen vorwärts.

Im Gleichschritt kamen sie der Tür des Holzhäuschens näher. Sie stolperten über die Schwelle. Im Häuschen war es dunkel. Es roch nach Erde. Der Mann führte sie zu einer Holzwand, presste sie dagegen. Mitten im Raum konnte sie eine Schubkarre ausmachen.

Ihre Hände glitten über seinen knochigen Körper, der kaum behaart war. Sie ertastete seine Schulterblätter, die wie Flügel vorstanden. Er hatte etwas Kindliches.

Er knöpfte ihr die Hose auf, öffnete den Reissverschluss und zog sie ihr mit dem Slip aus. Dann zog er sich selbst aus.

Alice beobachtete ihn, streckte ihre Hand nach ihm aus und zog ihn heftig an sich. Sie griff nach ihm, wollte an sich nehmen, was sie konnte.

Er küsste sie, packte ihr Bein und drang in sie ein.

Alice stöhnte auf und hörte seinen stossenden Atem an ihrem Ohr.

Er bewegte sich in ihr und sie sich mit ihm. Sein herber Duft wurde stärker. Sie atmete ihn tief ein, um ihn nicht zu verlieren.

Ihre Bewegungen verebbten, ihr Atem wurde ruhiger. Und Alice sah alles wieder klar vor sich. Als hätte jemand das Licht angemacht. Sie sah den staubigen Boden, die Schubkarre, die Gartenwerkzeuge, ihre Kleider. Alice löste sich aus der Umarmung. Sie sammelte ihre Kleider zusammen und überlegte sich, ob sie ihn nach seinem Namen fragen oder ob sie ihm ihren verraten solle.

Er schlüpfte in seine Hose, sagte: Ich heisse übrigens Sandro, und verschwand durch die Tür ins Freie.

Als Alice angezogen aus dem Häuschen kam, hatte der Mann seine Sonnenbrille aufgesetzt. In der Hocke schnippelte er mit einer Gartenschere Gras am Rand der Steinplatten ab. Sein Kopf war nach unten geneigt.

Alice betrachtete seinen Rücken, die vorstehenden Wirbel. Zählte jeden einzelnen. Sechzehn. Sandro schaute nicht auf. Alice wollte gehen, bevor sie sein Gesicht noch einmal sehen musste. Sie öffnete ihren Rucksack, nahm die Dose heraus und stellte sie auf den Metalltisch. Dann schulterte sie den Rucksack und machte sich auf den Weg.

Die heissen Steinplatten, das Gras, der Kies. Sie stellte sich vor, ein Wassertropfen zu sein, der in eine vorgezeichnete Richtung floss. Alice' Ziel waren die Hochhäuser. Der Strassenbelag brannte unter ihren Füssen. Aus der Ferne betrachtet und im Schein der untergehenden Sonne sahen die Hochhäuser beinahe schön aus. Grossstädtisch, ja majestätisch, standen sie da. Hunderte in goldenes Licht getauchte Fensterscheiben blinkten ihr entgegen. Alice spürte den Flügelschlag des Insekts jetzt ganz deutlich. Sie legte ihre Hand auf den Bauch. Und stellte sich vor, wie es wäre, wenn ein kleiner Sandro in ihr wachsen könnte.

Als sie bei den Hochhäusern angelangt waren, Alice und das Insekt, fand sie eine Apotheke. Bevor Alice das Geschäft betrat, schlüpfte sie in ihre Wanderschuhe. Um ganz sicher zu gehen, kaufte sie gleich zehn Schwangerschaftstests. Den fragenden Blick der Apothekerin erwiderte sie mit einem Lächeln. Die Schachteln verstaute sie in einer Plastiktüte im Rucksack. Dann machte sie sich auf die Suche nach einem Restaurant.

Am Tresen bestellte Alice eine Limonade, um nicht auf die Kellnerin warten zu müssen. Dann schloss sie sich in eine der Kabinen der Damentoilette ein, öffnete die Verpackung eines Schwangerschaftstests, pinkelte auf das Teststäbchen und legte es auf den Spülkasten. Dasselbe wiederholte sie mit den Tests zwei, drei, vier und fünf. Die restlichen bewahrte sie für später auf.

Alice zog die Hose hoch, setzte sich auf die Klobrille und wartete. Sie schnürte die Wanderschuhe auf und schlüpfte aus ihnen. Der Boden war angenehm kühl. Sie verstaute die Schuhe im Rucksack. Irgendwann hielt sie es nicht mehr aus. Sie stand auf und blickte auf die Teststäbchen. Keines der fünf zeigte einen zweiten Streifen.

Alice wischte die Stäbchen ins Klo, drückte die Spülung, packte ihren Rucksack und entriegelte die Tür. Mit einem Knall fiel sie hinter ihr ins Schloss. Alice steuerte auf den Eingang des Restaurants zu, ging achtlos an der Limonade vorbei, die für sie auf der Theke stand.

Wie konnte das Insekt eine Täuschung sein? Sie hatte es doch so deutlich gespürt! Alice fühlte sich wie aus Glas. Mechanisch stieg sie in den Bus, der zum Bahnhof fuhr. Roch die stickige Luft nicht. Hörte nicht das Brummen des Motors, nicht das Stimmengewirr, das sie umgab. In der Seitentasche ihres Rucksacks ertastete Alice einen Gegenstand. Als sie den Reissverschluss öffnete, hielt sie Sandros zusammengefaltete Schirmmütze in der Hand. Sie vergrub ihre Nase in den Stoff, um seinen Duft einzuatmen, als ein Zettel aus der Mütze fiel. Darauf stand Sandros Adresse und seine Telefonnummer. Alice steckte den Zettel in ein Seitenfach ihrer Geldbörse. Auch die Schirmmütze wollte sie aufbewahren.

Alice legte ihre Hand auf ihren Bauch. Das Zentrum ihrer Hoffnung. Es war Nacht geworden.

Saras Räuspern holte Alice in die Gelateria zurück. Sie streckte sich und rückte auf dem Stuhl hin und her. Ob Sara wusste, was Sandro und sie verband?

Viel Eis hast du nicht verkauft, sagte Sara in die Stille hinein. Kein Satz, mit dem Sara ein Gespräch anfangen wollte.

Alice hatte eine Frage erwartet. Zumindest, wie ihr erster Arbeitstag in der Eisdiele gewesen sei.

Aber Sara schien das nicht zu interessieren. Sie stand auf, räumte geräuschvoll die leere Tasse in die Spüle. Wischte mit dem Lappen über die Tischplatte. Ansonsten blieb es still zwischen ihnen.

Alice schob ihren Stuhl zurück. Sie verabschiedete sich, damit sie zumindest etwas gesagt hatte. Sie wollte zurück auf die Dachterrasse. Dem Vulkan nahe sein. Wollte den Kopf in den Nacken legen und ins Himmelszelt schauen.

52

Jonas steht am Wohnzimmerfenster. Regen hüllt den Dschungel in sein nasses Kleid. Ein Vorbote des Herbstes? Aber die drei Kirschbäume im Garten sind noch immer grün. Das Haus ist beinahe leer. Jonas fehlen die Möbel nicht. Doch befreit hat er sich nicht. Noch immer sind sie alle da: Alice, Etna, Finn, Hanna. Mehr Raum haben sie jetzt sogar. Das Rascheln der aufgehängten Blätter im Zimmer ist allgegenwärtig. Und die eigenen Worte, dünkt es ihn, hallen noch stärker durch die Räume. Seine Stimme ist ihm fremd geworden. Deshalb schweigt er, solange er alleine ist. Nur Junas Stimme scheint im Haus einen Platz zu haben. Vielleicht, weil sie wie jene von Hanna klingt. Hannas Krankheit konnte ihr die Stimme nicht nehmen.

Ein Sofa, ein Sessel, ein kleiner Tisch, das Regal und die Bücher. Das ist ihm geblieben. Und oben im Schlafzimmer das Bett, der Kleiderschrank und die Blätter an der Schnur. Etnas Flüstern. Am liebsten denkt er sich alle anderen Räume weg. Ein Haus. Zwei Zimmer, auf zwei Etagen. Eine Küche, ein Bad. Ein solches Haus würde er sich heute mitten in den Dschungel bauen. Eine ganze Stadt, hat er früher immer geglaubt, würde er einmal erschaffen. Geplant, skizziert und im Modell gebaut. Und nun will Etna alles zerstören. Das Haus, den Dschungel, den Fuchs Vivaldi, ihn. Das Grundstück will sie verkaufen. Zwei neue Häuser sollen darauf entstehen. Wenn Etna in einigen Tagen die Bagger auffahren und eine Mauer nach der anderen krachend zu Boden gehen lässt, will er nicht mehr hier sein.

53

Die letzten Wochen waren an Alice vorbeigerauscht und sie hatte sich mitziehen lassen. Sechs Tage in der Woche hatte sie in der Eisdiele gearbeitet. Und sich am freien Tag erholt. Sara blieb flüchtig. Kaum betrat Alice die Eisdiele, erklärte sie ihr hastig, was zu tun war und verabschiedete sich gleich wieder. Unruhe schien sie anzutreiben, während unter den luftigen Kleidern ihr Bauch immer grösser wurde. Sara trug jeden Tag blau.

Alice kannte niemanden, zu dem diese Farbe besser gepasst hätte. Und sie konnte nicht anders, als Sara zu beobachten. Sie bemerkte, dass ihr rechtes Schlüsselbein stärker hervortrat als das linke, entdeckte feinen Flaum über ihren geschwungenen Lippen und stellte sich vor, er würde sich wie Gras wiegen, durch das der Wind streicht. Sie sah einen Leberfleck auf dem linken Knie und eine Narbe auf dem rechten. Alice war in ständiger Angst, sie könnte ein Stück von Saras Schönheit vergessen. Sie fragte sich, warum Sara ihr aus dem Weg ging.

54

Jonas steht im hohen Gras unter dem Kirschbaum. Er schaut in die Krone. Nur noch vereinzelte vertrocknete Früchte entdeckt er zwischen den Blättern. Die Vögel sind über die Kirschen hergefallen, sobald sie sich dunkelrot gefärbt haben. Der Kirschenteppich zieht noch immer Wespen und Fliegen an. Auch wenn jetzt nicht mehr viel von ihm übrig ist. Die Nachmittagssonne erhitzt erbarmungslos den Dschungel. Die Zikaden zirpen. Noch ist es zu früh, um auf Vivaldi zu warten.

Jonas bahnt sich einen Weg zum Gartenhaus. Die Tür öffnet sich ohne Quietschen, seit er die Scharniere geölt hat. Sonnenstrahlen dringen durch die Ritzen in den kleinen Raum. Jonas lässt sich in die Schubkarre fallen. Sie droht zu kippen. Er atmet den erdigen Geruch ein und schliesst die Augen. Alice ist da. Sitzt im frisch gemähten Gras und hat einen gelben Blumentopf zwischen den Beinen. Aus einem Sack lässt sie Erde in den Topf rieseln. Dann pflanzt sie einen Basilikumstrauch. Drückt die Erde um die Pflanze herum sorgfältig fest. Die Haare hat sie hochgesteckt. Sie ist schwanger. Ihre Brüste sind grösser geworden. Sie schaut zu ihm hoch und lächelt ihn an. Jonas will einen Schritt auf sie zumachen. Aber Etna kommt hinter dem Kirschbaum hervor, rennt auf Alice zu. Lässt sich von ihr umarmen, bevor sie sich auf ihren Oberschenkel setzt. Strahlend zeigt sie Alice den Strauss Gänseblümchen in ihrer Hand. Bald werden sie zu viert sein. Jonas spürt die Freude von damals in sich aufflammen. Dann öffnet er die Augen.

55

Alice hatte in den vergangenen Wochen fast nur gearbeitet und das Haus selten aus einem andern Grund verlassen. Die Müdigkeit in den Beinen hatte sie träge gemacht. Nach dem Einkaufen war sie immer direkt durch die verwinkelten Gassen nach Hause zurückgekehrt. Die Arbeit in der Eisdiele war anstrengender, als sie sie sich vorgestellt hatte. Am besten erholen konnte Alice sich auf der Dachterrasse. Dort legte sie ihre Beine hoch. Kühlte sich die Stirn mit Eiswürfeln. Oft döste sie im Schatten des Sonnenschirms oder lernte Sätze und Vokabeln der fremden Sprache. Niemand störte sie dabei. Die nächste Dachterrasse war einige Häuser weiter entfernt.

Aber eines Morgens war alles anders. Terrasse, Haus und Zimmer erschienen ihr in dumpfes Licht getaucht und so weit von ihr entfernt, als würde sie sich durch eine Kulisse bewegen. Die schmerzenden, schweren Beine drückten dem Tag den Stempel auf. Alice hatte in letzter Zeit kaum nachgedacht. Viel zu müde war sie von den Tagen in der Eisdiele. Der Schlaf hatte sie immer angenehm eingewickelt. Gedanken an früher liess sie so aussen vor und entging damit dem Gefühl der Leere und Stille. Doch in der vergangenen Nacht hatte sie trotz bleierner Müdigkeit nicht schlafen können. Irgendwann war sie wohl zu müde zum Einschlafen gewesen. Während sie sich im Bett von einer Seite auf die andere gedreht hatte, erinnerte sie sich an die Nacht, bevor sie Jonas verlassen hatte. In jener Nacht hatte sie auch nicht einschlafen können. Jonas' Gesicht blieb nur eine Kontur, aber den Klang seiner Stimme hörte sie so deutlich, als würde er zu ihr sprechen. Alice' Gedanken waren nicht lange bei Jonas verweilt, der für sie nicht mehr greifbar war. Sie hatte ihr Zimmer vor sich gesehen. Das Bett, den Schreibtisch, das Regal mit den Büchern, die violetten Vorhänge, den Balkon. Und sie hatte das Gefühl gehabt, auf der Dachterrasse und in diesem Haus, in dem sie jetzt lebte, wieder gefangen zu sein. Nur, das war ihr bewusst, hatte sie sich dieses Mal selbst eingeschlossen.

In der Dunkelheit, die sie umgab, hatte Alice gespürt, wie die Lava an der Oberfläche abkühlte und erstarrte. Im Innern des Lavastroms aber weiter talwärts floss. Eine Lavahöhle bildete sich in ihr.

Alice' Gedanken glitten weiter zu Etna. Und von ihr hatte sie sich nicht mehr lösen können. Nicht in der Nacht und auch nicht am folgenden Morgen.

Als es vor ihrem Fenster endlich hell geworden war, war Alice aufgestanden. Die Möbel und ihre wenigen Gegenstände schrien ihr im Chor entgegen, dass sie Etna zurückgelassen hatte. Überall sah sie ihr Gesicht, ihre Augen, ihren traurigen Blick. Etnas Hand hielt die Tasse, die auf ihrem Nachttisch stand. Etnas lange schwarze Haare lagen auf dem Boden verteilt. Die Tapete hatte die Struktur von Etnas Gesichtshaut. Und im Spiegel schaute ihr Etna entgegen.

Alice spritzte sich Wasser ins Gesicht. Sie hielt es nicht mehr aus, sie musste weg aus diesem Haus. Sie wollte hinauf zur Burg, denn dort, das wusste sie, würde sie ungehindert in die Ferne blicken können. Den Vulkan sehen.

56

Jonas liegt auf seinem Bett. Die Laken sind zerwühlt. Das Fenster steht offen. Draussen ist bald Mittag. Der Wind weht durchs Zimmer, streicht über seine Haut. Aber er friert nicht. Über ihm rascheln die aufgehängten Zettel. Etnas Schrift wiegt im Wind. Jonas hört sie flüstern. Soll er liegen bleiben und warten, bis es vorbei ist? Hunger verspürt er nicht mehr. Das gegrillte Steak letzte Woche ist seine letzte Nahrung gewesen. Anschliessend hat er beschlossen, nicht mehr zu essen. Nie mehr. Lieber will er seine Erinnerungen wecken. Nur sein Freund Vivaldi frisst weiter. Bereits ist Mittwoch und Juna noch immer nicht vorbeigekommen. Es ist, als wäre sie mit den Möbeln verschwunden.

Die Zettel rascheln. Jonas schliesst die Augen. Lauscht Etnas Flüstern. Dann sieht er sie vor sich auf seiner Werkbank sitzen. Ihre Beine lässt sie hin- und herbaumeln. Während sie von ihrem Schultag erzählt. Jonas schiebt seinen Stuhl zurück und legt seine Füsse neben Etna auf die Werkbank. Am Ende verkündet sie ihm feierlich, dass sie ein Anliegen habe. Jonas beobachtet, wie sie nachdenkt. An jedem Tag, seit Finns Tod, hat sie ihn in der Werkstatt besucht, hat sich nach seinem Befinden erkundigt. Jeden Tag schwankt ihr Alter zwischen zehn und vierzehn. Ein Pendel. Auf der Suche nach einem Takt.

Du solltest etwas tun, das dir gut tut, sagt Etna schliesslich.

Das tue ich doch gerade. Ich unterhalte mich mit meiner Tochter.

Du solltest etwas unternehmen, entgegnet Etna. Du arbeitest zu viel.

Jonas schweigt.

Ich muss gehen. Mit diesen Worten lässt sich Etna von der Werkbank auf den Boden fallen. Sie umarmt ihn. Riecht nach Kaugummi und Alice' Parfüm.

Jonas schaut ihr nach. Schon ist sie aus der Werkstatt verschwunden. Nur der aufgewirbelte Holzstaub erinnert noch an sie.

Die Zettel über Jonas rascheln. Etna flüstert. Durch die offene Tür hört er die Pendeluhr ticken. Noch fünf Stunden, bis Vivaldi im Dschungel auftaucht.

57

Alice eilte die breite, flache Treppe zur Burg hinauf. Ihr Kleid raschelte bei jedem Schritt. Die Sonne schien ihr unerbittlich ins Gesicht. Ihre Augenlider waren geschwollen und schwer. Die Arbeit in der Gelateria hatte Spuren hinerlassen. Alice bemerkte die Sonnenbrille, die auf ihren Haaren thronte. Sie zog sie nach unten und schob sie sich auf die Nase.

In der Burg angelangt, kletterte sie auf die Mauer und schaute aufs Meer hinaus. In der Ferne türmten sich weisse Wolken. Schwebende Eisberge. Endlich konnte Alice wieder atmen, und ihr Blick war frei. Das Meer war unruhig, die Wellen trugen Schaumkronen. Über dem Vulkan auf der Nachbarinsel stieg eine schmale Rauchsäule hoch und verlor sich im Himmel. Dieser Vulkan war nicht der Ätna, aber der Gedanke an Etna um so näher.

Wenn Alice an Etna dachte, sah sie das Brodeln im Innern des mächtigsten Vulkans Europas vor sich. Stellte sich vor, wie sie entlang eines Messbandes die über 3300 Meter bis zum Gipfel hochstieg. Wie der Geruch verfaulter Eier in der Luft lag. Alice spürte spitziges Vulkangestein unter den Füssen und Vibrieren. Zeichen eines bevorstehenden Ausbruchs?

Keinen treffenderen Namen hätten sie und Jonas für ihre Tochter finden können. Es kam Alice vor, als hätten sie unbewusst gewusst, was passieren würde. Obwohl Alice in der Hitze der Sonne sass, fror sie. Gänsehaut breitete sich aus, sie zitterte am ganzen Körper. Gedanken griffen nach ihr, nahmen sie gefangen. Sie war die Schuldige. Etna musste ertragen, was sie und Jonas angerichtet hatten. Wäre alles anders geworden, wenn Etna Nina hiesse? Der Name Nina stand an zweiter Stelle auf der Liste ihrer Lieblingsmädchennamen.

Nach dem Tod des Kindes zwischen Eis und Wasser hatte Etna sich ihren lauernden Blick angeeignet. Dieser Blick breitete sich wie Gift in ihrem Körper aus. Ihr Rücken krümmte sich, ihre Schultern fielen nach vorne. Etnas Beine wirkten stets angewinkelt und angespannt. Nicht einmal im Schlaf ruhte sie wirklich. Selbst ihre Fingernägel wurden zu Krallen, stets bereit, Beute zu packen. Ständig fühlte sie sich angegriffen, Worte und Blicke verletzten sie. In der Schule provozierte sie die Lehrer und verlor ihre Freundinnen. Aus dem Mädchen war eine zurückgezogene junge Frau geworden. Nur wenn sie Jonas oder

Alice helfen konnte, schien sie glücklich. Aber sie war keine Dienende, sie war die Starke, die Macht über ihre Eltern hatte. Es brauchte aber nur ein kleines Beben, um sie zu erschüttern. Schon schienen sich Aschewolken vor ihre Augen zu schieben und den Himmel zu verdunkeln.

Alice schwitzte, der Stoff des Kleides klebte an ihren Oberschenkeln. Das tiefe Blau des Meers erinnerte Alice an den Edelstein, der jahrelang auf ihrem Nachttisch gelegen hatte. Hanna hatte ihn ihr nach dem Tod des Kindes geschenkt. Und Alice hatte geglaubt, er halte schlechte Träume von ihr fern. Wie hatte sie bloss so leichtgläubig sein können? Es war doch nur ein schöner, glatt geschliffener Stein! Aber Hanna hatte seine Wirkung so überzeugend beschrieben. Als weihe sie Alice in ein Geheimnis ein. Warum hätte sie Hanna nicht glauben sollen? Nach dem Tod des Kindes hatte sich Hanna wie eine Schwester um Alice gekümmert. Und auch Etna hatte sie oft zu sich genommen. Manchmal fragte sich Alice, ob ihre Hilfe ehrlich gemeint war oder ob sich dahinter Berechnung verborgen hatte. Hatte Hanna schon damals nur Jonas nahe sein wollen und sich darum bei ihnen eingenistet?

Alice hatte lange nichts bemerkt. Sie hatte sich einfach an die geklammert, die ihr Hilfe versprachen.

Alice' Gedanken und Gefühle glichen einem Wellengang. Manchmal war sie wütend auf Hanna, weil Jonas sich in sie verliebte. Dann hatte sie wieder Mitleid mit ihr, sobald sie das kranke Gesicht vor sich sah. Ihre eingefallenen Wangen, den haarlosen Kopf. An anderen Tagen fühlte sie sich schuldig. Denn seit jenem Tag, als sie durch das erleuchtete Wohnzimmerfenster gesehen hatte, wie Jonas Hanna küsste und mit ihr lachte, wünschte sie sich Hannas Tod. Alice glaubte damals, dass das, was in ihrer Abwesenheit zwischen ihrem Mann und Hanna begonnen hatte, nur durch den Tod beendet werden konnte.

Aber Hanna war auch nach ihrem Tod gegenwärtig geblieben. Jonas und Alice waren nie mehr wieder nur zu zweit gewesen, sie waren umgeben von Schatten. Das Kind und Hanna verfolgten sie auf Schritt und Tritt. Und Etna war so unerträglich lebendig.

Ein schwacher Wind kam auf und strich Alice durchs Haar. Ein Herbstwind. Aber er konnte das letzte Aufbäumen der Hitze nicht abschwächen. Auf dem Gipfel des Vulkans thronte die Wolke. Alice schnappte nach Luft. In jede Hautfalte hatte sich Schweiss gelegt. Unter ihren Achseln, zwischen ihren Brüsten, am Rücken, überall bildeten sich Rinnsale. Sein unangenehmer Geruch hatte sich wie eine Wolke um ihre Nase gelegt. Alice schnupperte an sich. Schaute sich um.

58

Jonas erwacht. Draussen dämmert es. Durch die hölzernen Läden schimmert ein blass-blauer Tag. Die Zettel rühren sich nicht. Sein Atem ist nicht Wind genug. Etna schweigt. Jonas schaut sich um. Er entdeckt den leeren Futternapf und den CD-Player neben dem Bett. Und erinnert sich: Bevor er eingeschlafen ist, hat er in den Dschungel gewollt. Vivaldi sein Futter hinstellen. Vivaldi lauschen und auf Vivaldi warten. Wann hat er Vivaldi das letzte Mal gesehen? Bestimmt hat Vivaldi im Dschungel etwas Fressbares gefunden, tröstet er sich.

Nicht aufstehen. Nie mehr. Etnas Zettel mit der Ablauffrist sollen im Dschungel liegen bleiben. Von Regen durchtränkt und von den Pflanzen überwachsen werden. Die Augen wieder schliessen. Schlafen. Träumen. Erinnern.

Etna fährt mit Schleifpapier über ein in der Werkbank eingespanntes Holzbrett. Jonas sieht nur ihren Rücken. Schon seit einiger Zeit beobachtet er sie. Viel zu schnell ist sie gross geworden. Seit einigen Wochen schliesst sie die Badezimmertür hinter sich ab. Setzt sich nur noch selten auf seinen Schoss. Und dann fühlt es sich komisch an. Aber sie kommt immer noch regelmässig nach der Schule in der Werkstatt vorbei.

Bist du noch sehr traurig?, fragt Etna und schaut nicht von ihrer Arbeit auf.

Jonas schweigt.

Du hast nicht geweint an Finns Beerdigung, sagt Etna und schaut ihn an.

Ich habe mich nie mit der Möglichkeit beschäftigt, dass mein Kind vor mir sterben könnte.

Etna legt das Schleifpapier auf die Werkbank.

Alice weint seit über zwei Jahren fast ununterbrochen. Irgendwann hat sie keine Tränen mehr. Glaubst du, das geht vorbei?

Es ist das erste Mal, dass Etna ihre Mutter mit Vornamen benennt. Es ist das erste Mal, dass Etna mit Jonas über Alice' Trauer spricht.

Deine Mutter ist, wie sie ist.

Darauf erwidert Etna nichts. Wiegt nur den Kopf und nimmt das Schleifpapier in die Hand.

Ich kann mich nicht erinnern, wann ich das letzte Mal geweint habe, sagt Jonas in die Stille hinein.

Etna schaut ihn skeptisch an. Lässt den Blick mit einem Blinzeln verschwinden. Soll ich dir einen Witz erzählen?, wechselt sie das Thema.

59

Alice' Beine schmerzten, als sie die breiten Stufen ins Städtchen hinunterstieg. Sie hoffte, in den Gassen kühlere Luft vorzufinden, um wieder atmen zu können. Und dann stand sie plötzlich vor der Eisdiele. Ohne dass sie bewusst in ihre Richtung gegangen war. Alice hatte heute ihren freien Tag. Sara sass auf einem Stuhl hinter dem grossen Fenster. Eine Hand lag, wie fast immer, auf ihrem Bauch. Vor ihr lag ein geöffneter Laptop auf dem Tisch. Daneben stand ein Glas Wasser mit einem Zitronenschnitz. Seit sie schwanger war, hatte ihr Sara in einem ihrer seltenen gesprächigen Momenten erzählt, liebe sie alles, was den Geschmack von Zitronen habe. Sogar ein Zitronenbäumchen hatte sie sich gekauft und neben ihre Haustür gestellt. Fast ununterbrochen hatte sie einen Zitronenkaugummi im Mund.

Gerade eben noch schien Sara in den Bildschirm vertieft zu sein. Aber dann blickte sie auf und war offenbar nicht überrascht, Alice zu sehen. Sara fixierte sie. Alice tat dasselbe. Sie versank in diesem Blick. Saras Augen schienen ihr eine Geschichte zu erzählen. Gleichzeitig setzte sich ein Gedanke in Alice' Kopf fest. Als wolle er sich bei ihr einnisten. Auf diese Weise schauen sich Liebende an. Oder solche, die es werden wollen. Eine etwas faltige Frau, Mitte fünfzig, und eine schöne Schwangere. Wie Mutter und Tochter sahen sie aus.

Die Glöckchen über der Tür schellten. Alice wusste nicht, wie lange sie vor dem Schaufenster gestanden hatte. Alice löste sich von Saras Augen. Ein Mann mit Sonnenbrille und einer Fotokamera über der Schulter betrat die Eisdiele. Sara stand auf und bediente ihn. In der Waffel in seiner Hand thronten zwei Kugeln Mangoeis, als er die Glöckchen über der Tür wieder zum Schellen brachte und in die nächste Gasse abbog.

Alice trat zu Sara in die Eisdiele. Rückte einen Stuhl neben sie und setzte sich an den Tisch. Sie schaute auf den Bildschirm. Ein farbiges Fenster mit einer Namensliste war geöffnet. Alice kannte sich nicht gut aus in der Welt des Internets. Jonas hatte ihr zwar eine Mailadresse eingerichtet und früher hatte sie diese auch regelmässig auf neue Nachrichten überprüft. Aber sie mochte das Internet nicht. Sie hatte Angst, etwas Falsches anzuklicken. Und die scheinbare Grenzenlosigkeit der Möglichkeiten gab ihr ein Gefühl der Verlorenheit.

Sara bemerkte Alice' fragenden Blick und erklärte ihr, dass man auf dieser Seite via Internet mit jemandem telefonieren könne.

60

Jonas sitzt auf seinem Bett und schaut aus dem Fenster. Er hat sich zwei Kissen hinter den Rücken geschoben. Das Bett verlässt er kaum noch. Jenseits des Dschungels liegt die Nacht wie ein schwarzes Kissen über der kleinen Stadt. Jonas drückt die Play-Taste des CD-Gerätes. Vivaldi geigt los. Bald wird sein Freund dem Ruf folgen und im Zimmer auftauchen. Er ist der Einzige, der ihn noch nicht verlassen hat. Juna ist nicht wieder gekommen. Wieso nicht, kann sich Jonas nur ausmalen. Eine Antwort wird er wohl nie erhalten. Wenn in ein paar Tagen hier die Bagger auffahren und eine Mauer nach der anderen krachend zu Boden geht, will er nicht mehr hier sein. Jonas schliesst die Augen.

Hanna kommt zur Haustür herein. Die Absätze ihrer Schuhe klacken auf dem Steinboden. Alice hat schon lange keine Schuhe mit hohen Absätzen mehr getragen. Seit Monaten ist sie wieder in der Klinik. Irgendwann hat er ihre Schuhe in einer Kiste verstaut und in den Keller getragen.

Hallo, sagt Jonas etwas zu laut und spürt, wie Etna ihn von der Galerie aus beobachtet.

Jonas, sagt Hanna, verharrt einen Moment und lacht unsicher, bevor sie ihm entgegenfliegt. Sie versucht, ihn auf den Mund zu küssen, er weicht ihr aus. Oben lässt Etna ihre Zimmertür geräuschvoll ins Schloss fallen. Jonas versteht nicht, was Hanna sagt. Ihren Duft erkennt er sofort. Und die flüchtige Süsse ihrer Umarmung. Er hat sie vermisst. Gleichzeitig spürt er Etnas Blick auf seinem Rücken. Hanna trägt eine blaue Strickmütze. Ihre Augen kommen ihm grösser vor. Die eingesunkenen Wangen versucht er zu übersehen. Seit ihr die Haare ausgefallen sind, trägt sie Strickmützen. Sogar wenn sie sich lieben.

Ich wollte nicht zu spät kommen, sagt sie.

Ich kenne deine Ungeduld, antwortet er und entlockt ihr ein Lächeln. Mehr will er nicht.

Hanna wirft ihre Jacke auf den Kleiderständer. Im nächsten Moment sitzt sie ihm gegenüber. Stützt beide Ellbogen auf den Tisch und bedient sich von der Schokoladentorte, die zwischen ihnen steht. In letzter Zeit ist mir immer schlecht, sagt sie mit vollem Mund.

Hier sitzen wir, denkt er. In der Küche.

Hanna stopft sich mit Kuchen voll, als gäbe es ihre Krankheit nicht.

Jonas ist einen Moment lang glücklich. Als Hanna ihm eine Haarsträhne aus dem Gesicht streift, kann er ihre Hand an seiner Wange spüren.

Jonas öffnet die Augen. Weiss nicht, wieviel Zeit vergangen ist. Die CD läuft in der Endlosschlaufe. Er blinzelt. Sieht erst nur einen orangefarbenen Fleck auf der Türschwelle. Vivaldi ist da.

61

Auf die Hitze folgte ein Gewitter. Der Regen machte eine Pause. Das Wasser plätscherte aus den Dachrinnen auf die Gasse. Draussen war es schon lange Nacht geworden. Nur die Lampe in der Eisauslage spendete etwas Licht. Sara wischte mit dem feuchten Lappen über die Tischoberfläche, die sie von Alice trennte. Beide schwiegen. Im Radio sangen die Beatles in gedämpfter Lautstärke *Hey Jude*. Eigentlich hätte sich Alice schon lange verabschieden sollen. Aber etwas hielt sie zurück. Vielleicht der traurige Ausdruck in Saras Augen. Vielleicht.

Sara ging hinter die Theke, öffnete die unterste Schublade. Papier raschelte. Dann zog sie eine zerknitterte Packung Zigaretten hervor. Ein schiefes Lächeln breitete sich auf ihrem Gesicht aus. Fahrig bot sie Alice eine Zigarette an. Alice schüttelte den Kopf, Sara zuckte mit den Schultern und setzte sich ihr gegenüber hin. Zauberte wie aus dem Nichts einen Aschenbecher hervor. Ihr Lächeln nahm fratzenhafte Züge an.

Alice konzentrierte sich auf die langen, glänzenden Haare. Das war nicht Sara, die vor ihr sass. Sie legte auch ihre Hand nicht wie gewohnt auf den Bauch. Stattdessen zog sie eine Zigarette aus der Schachtel und anschliessend das Feuerzeug. Steckte sich die Zigarette in den Mund und zündete sie an. Das Feuerzeug in ihren Händen zitterte. Die Flamme flackerte. Sara stiess geräuschvoll den Rauch aus. Als sei sie erleichtert.

Alice fragte sich, wie eine rauchende Schwangere erleichtert sein konnte. Aber sie sagte nichts. Sara sah zu zerbrechlich aus. Alice musterte ihr Profil. Immer wieder glühte die Zigarette auf. Sara schaute aus dem Fenster. Alice folgte ihrem Blick. Es gab nichts zu sehen. Keine Regentropfen, keinen Menschen. Nur die Holztür in der Mauer des gegenüberliegenden Hauses und die nassen Pflastersteine.

In der Zwischenzeit sangen die Beatles nicht mehr.

Du solltest nicht rauchen, sagte Alice dann doch. Sie klang wie ihre Mutter.

Sara zog erneut an der Zigarette, blies den Rauch in Alice' Richtung, schaute sie an und schwieg.

Alice hielt ihrem Blick stand.

Später drückte Sara die Zigarette im Aschenbecher aus und sagte: Das spielt keine Rolle mehr. Stand auf, nahm den Aschenbecher mit. Suchend schaute sie sich um und stellte ihn schliesslich in den Kühlschrank.

Alice wusste nicht, was das zu bedeuten hatte und fragte, warum.

Sara schien sie nicht gehört zu haben. Müde lehnte sie sich gegen den Tresen und antwortete nicht auf die Frage.

Alice stand auf und ging zu ihr hinüber. Sie fuhr ihr erst zögerlich über die langen Haare, dann streichelte sie ihre Wangen.

62

Jonas blinzelt. Der orangefarbene Fleck auf der Türschwelle wird zu Vivaldi. Im Hintergrund raschelt Papier über dem Bett. Nun ist es nichts anderes als Papier, das im Wind raschelt. Etnas Flüstern hört er nicht mehr.

Vivaldi schaut ihn herausfordernd an. Bewegt den Schwanz auf und ab. Jonas lächelt ihn an. Deutet auf den mit Kaninchenfleisch gefüllten Futternapf. Vivaldi schaut ihn misstrauisch an. Zögert. Richtet die Ohren auf. Macht dann ein paar Schritte in Richtung Napf. Lässt Jonas nicht aus den Augen. Bleibt stehen. Streckt die Schnauze in die Luft. Schnuppert.

Jonas betrachtet Vivaldis bernsteinfarbene Augen. Entdeckt die vertikalen Pupillen. Möchte die Hand ausstrecken und über das Fell streicheln. Aber er hält sich zurück. Beobachtet nur.

Vivaldi geht zum Futternapf. Bald schon ist er leer.

Jonas will ihm erzählen vom Tag, als Finn starb und alles anders wurde. Von Etna, die nur noch Sätze für ihn übrig hat, die sie auf Zettel schreibt. Von Hanna. Von Alice' Verschwinden. Von seiner Mutter, die er schon lange nicht mehr besucht hat. Von Juna, die ihn nun auch verlassen hat. Aber Jonas schweigt. Viel zu schnell könnte Vivaldi auf der Türschwelle wieder zu einem orangefarbenen Fleck werden. Und verschwinden. Jonas realisiert, dass er sein Leben nicht teilen kann. Und ohne die anderen weiterleben muss. Oder sterben.

63

Der Himmel erlosch über dem schwarz gewordenen Vulkan. Binnen Minuten fiel die Anstrengung des Tages von Alice ab. Kühler Wind kam auf. Alice stand neben Sara auf der Dachterrasse. Eine sternklare Nacht wölbte sich über die Inseln. Der Halbmond stand hoch und schien sich in der eigenen Rundung zu wiegen. Rechts war das Meer zu erahnen, aber nicht zu sehen.

Sara umarmte sie. Das Kind in ihrem Bauch lag zwischen ihnen. Die Nähe eines Körpers hatte Alice gefehlt. Eine eigenartige Ruhe überkam sie. Flirrend breitete sie sich in ihr aus. Alice spürte Saras Fingerkuppen. Alice stellte keine Fragen. Und auch Sara schwieg.

Alice atmete die salzige Meeresluft ein. Fühlte sich nackt. Schloss die Augen. Sah glasiges Sonnenlicht auf den brechenden Wellen.

64

Jonas starrt an die Decke. Das Weiss hat eine gelb-graue Farbe angenommen. Im Zimmer ist es still. So still, dass Jonas durch das geöffnete Fenster den Flügelschlag der Möwen hören kann. Jonas setzt sich auf die Bettkante und schaut sich um. Das nahezu leere Zimmer erscheint ihm grösser als die Tage zuvor. Es hat sich ausgedehnt. Vielleicht liegt es aber am Blau des Himmels. Schon den ganzen Morgen über schaut es ihn von draussen an. Jonas sieht auf seine Füsse hinunter. Bemerkt den Staub auf dem Parkettboden. Das sind nicht seine Füsse. Er bewegt eine Zehe am rechten Fuss. Die Zehe am rechten Fuss, der nicht ihm gehört, bewegt sich. Sein Herz klopft. Schnell.

Jonas streckt die Arme aus. Doch die knochigen Hände gehören nicht ihm. Er klatscht. Die zwei Hände klatschen ebenfalls. Jonas tastet seinen Körper ab. Spürt die Berührungen. Und fühlt sie doch nicht. Wem gehörte dieser Körper? Er muss jemanden fragen.

Vorsichtig steht Jonas auf. Das Zimmer dreht sich. Er nimmt den Bademantel vom Haken hinter der Tür. Schlüpft hinein. Schleppt sich ins Wohnzimmer.

Die Pendeluhr tickt zuverlässig.

Es ist kurz vor Mittag. Noch hat er den Motor von Etnas Auto nicht aufheulen gehört. Er beschliesst, auf seine Tochter zu warten. Den Weg über die Treppe in die Eingangshalle hat er in den letzten Wochen selten zurückgelegt. Eigentlich nur dem Fuchs zu liebe.

Jonas schliesst die schwere Holztür auf und tritt ins Freie. Warme Augustluft hüllt ihn ein. Vogelgezwitscher aus dem Dschungel. Die Strasse vor seinem Haus hat er seit einer Ewigkeit nicht mehr aus dieser Perspektive gesehen. Der Dschungel ist bis auf den Vorplatz des Hauses vorgedrungen. Der Briefkasten ist zwischen den Büschen kaum mehr zu erkennen. Nur die oberste Stufe der Steintreppe ist halbwegs frei von Gras und Moos. Jonas setzt sich und wartet, verborgen von seinen Büschen. Ab und zu fährt ein Auto vorbei. Aber keines hält an, nicht eines.

65

Der Wind trug leise Musik vom Hafen auf die Dachterrasse. Laternenlicht fiel auf die Strasse. Das Kopfsteinpflaster glänzte, als hätte es kürzlich geregnet. Sara küsste Alice. Saras Finger glitten über Alice' Gesicht. Über ihre Haare, ihre Ohren, ihren Mund. Es war, als wäre ihre Haut eine Landkarte. Als versuchte Sara mit den Berührungen sie von innen zu verändern. Alice wusste nicht, ob sie das erleichterte oder ob ihr etwas fehlte. Sara schob sie von sich. Betrachtete sie. Zog sie dann wieder an sich.

Alice zog Sara das T-Shirt aus. Küsste die nackte Schulter, ihren Hals. Bemerkte eine winzige Milchstrasse aus Muttermalen.

Das Kind in Saras Bauch lag zwischen ihnen. Alice spürte Saras Fingerkuppen auf ihrem Rücken. Es war ihr Körper, der Sara wollte. Nicht ihr Kopf. Sie schloss die Augen. Sah den Vulkan vor sich.

66

Jonas lauscht jedem Geräusch nach. Schweissperlen stehen auf seiner Stirn. Der Dschungel hinter ihm schweigt. Jonas überlegt, ins Haus zurückzugehen. Aber er ist zu müde, um aufzustehen. Allein der Gedanke an die Treppe, die er bewältigen muss, um ins Bett zu gelangen, hält ihn davon ab. Ameisen krabbeln auf seinen Füssen herum. Morgen will Etna die Bagger auffahren lassen. Eine Mauer nach der anderen wird krachend zu Boden gehen. Der Dschungel wird kein Dschungel mehr sein. Vielleicht kann er sie doch noch zur Vernunft bringen.

Jonas erkennt das Motorengeräusch von Etnas Auto, bevor es um die Kurve biegt. Er duckt sich hinter die Büsche. Die Reifen quietschen. Jonas sieht durch die Zweige, wie sie aussteigt. Wie immer ist sie schwarz gekleidet. In der Hand hält sie ein Papier. Etna geht dem überwucherten Zaun entlang. Wirft das Papier in seinen Dschungel. Dann geht sie zurück zum Auto. Öffnet den Kofferraum und nimmt eine Motorheckenschere heraus. Schaltet sie ein. Jonas hält den Atem an.

Etna beginnt, seinen Dschungel zurechtzustutzen, zu köpfen.

Jonas zittert. Steht vorsichtig auf. Wie kannst du es wagen?, will er sagen. Aber er bringt kein Wort heraus. Woher hat er das Recht, ihr Vorwürfe zu machen? Wahrscheinlich würde sie ihn ohnehin nicht hören.

Aber sie hat ihn bemerkt. Etna dreht sich zu ihm. Starrt ihn an. Die Heckenschere in beiden Händen. Bevor sie sie ausschaltet und auf den Vorplatz legt. Was willst du?, fragt sie.

Lass meinen Dschungel in Ruhe!

Ist das alles, was du mir zu sagen hast? Mama ist wegen dir verschwunden. Wahrscheinlich liegt sie tot in einer Gletscherspalte. Du hast dich nicht um sie gekümmert. Hast nicht verstanden, wie schlecht es ihr geht. Wusstest nichts Besseres, als Hanna zu vögeln. In unserem Haus.

Du siehst nur deine Seite, Etna, sagt Jonas.

Mama konnte nicht einmal mehr in den Spiegel sehen! Du verstehst bis heute nicht, warum sie verschwunden ist. Weil du alles auf dich beziehst. Vielleicht wollte sie ja gar nicht gefunden werden. Auf jeden Fall nicht von dir! Etna schlägt mit der flachen Hand gegen die Frontscheibe ihres Autos.

Etna nimmt die Heckenschere und legt sie in den Kofferraum.

Jonas macht einen Schritt in ihre Richtung. Warte, sagt er.

Warten? Worauf denn? Dass du erwachst?, entgegnet sie und knallt die Tür des Kofferraums zu.

Lass mich im Haus wohnen.

Das geht nicht, sagt sie. Öffnet die Autotür. Schaut ihn lange an, bevor sie sich hinters Steuer setzt. Dann lässt sie den Motor aufheulen und fährt davon.

67

Alice blickte zur Burg und zur alles überragenden Kathedrale hoch. Scheinwerfer leuchteten sie an. Die Insel trug ihr dunkles Nachtkleid. Auch der Vulkan schien zu schlafen. Atmete ein und aus. Dicke, weisse Atemwolken schwebten über seinem Gipfel. Vielleicht wird auch er bald einen Winterschlaf halten. So wie die Gelateria.

Alice sass am Hafen. Das Meer war schwarz und bewegte sich kaum. Ein blaues Neonschild mit Wackelkontakt surrte in die Nacht hinaus. An der Hafenpromenade hielten die Laternen Abstand zueinander. Gelbes Licht fiel über die Mauer, die dunklen Streifen von Seealgen und zusammengerollten Fischernetzen. Es roch nach Salz, Fisch, Moder und Herbst.

Ein Fuchs lief der Hafenmauer entlang. Die Schnauze berührte fast den Boden. Bei den Fischernetzen angelangt, blieb er stehen. Beschnupperte sie. Ging weiter.

Wolken zogen über den Mond. Einige hundert Meter entfernt lag Sara in den Wehen. Allein mit der Hebamme und dem Arzt.

Alice schmerzte dieser Gedanke. Und gleichzeitig beneidete sie Sara um die bevorstehende Zweisamkeit mit ihrem Kind.

Die Glocken der Kathedrale kündigten Mitternacht an. Alice machte sich auf den Weg zur Gelateria. Dunkel lag sie in den engen Gassen. Nur die Glasvitrine spendete Licht. Alice schloss die Tür auf und trat ein. Die Glöckchen klingelten. Es roch nach Saras Rosenparfüm. Auf einem der Tische stand ihr Laptop. Etna schaltete ihn ein. Öffnete das Programm. Gestern hatte Sara ihr ein Profil eingerichtet. Ihr alles erklärt. Gemeinsam hatten sie nach Etnas Profil gesucht.

Schick ihr eine Kontaktanfrage, hatte Sara sie aufgefordert.

Aber Alice hatte es nicht gewagt. Sie sass vor dem Laptop, Etnas Profil vor sich. Sie musste nur auf das Feld mit der Anschrift *Kontaktanfrage senden* klicken. Alice schloss die Augen. Und öffnete sie sofort wieder und klikte auf *Kontaktanfrage senden.*

68

Vor dem Fenster ist es bereits dunkel. Jonas nimmt ein Glas aus dem Küchenschrank. Lässt es in der Spüle voll laufen. Trinkt es in einem Zug leer. Er denkt an die Begegnung mit Etna. Dies ist seine letzte Nacht im Haus. Das spürt er genau. Aus dem Kühlschrank nimmt er die letzte Portion Rehrücken. Legt das Fleisch in den Futternapf. In der Eingangshalle bleibt Jonas stehen. Er horcht. Belauscht das Haus. Aber da ist nichts zu hören, kein Geräusch, nichts. Ist das Haus tot? Im Wohnzimmer stellt er sich in die offene Terrassentür und betritt nach kurzem Zögern seinen Dschungel.

Beim alten Gartenhaus angelangt, schaltet er den CD-Player ein. In der Endlosschlaufe soll Vivaldi geigen. Den Futternapf stellt Jonas an den gewohnten Platz. Bereits raschelt es im Gebüsch. Vivaldi! Jonas tritt einen Schritt zur Seite. Beobachtet den Fuchs. Am liebsten würde er sich ins Gras legen. Aber er fürchtet, das schimmernde Mondlicht zu zerstören. Müde schleppt er sich zum Komposthaufen und lässt sich fallen. Vivaldi lässt ihn nicht aus den Augen. Sein Napf ist leer. Mit schnellen Schritten nähert er sich Jonas. Setzt sich neben ihn. Jonas stellt sich vor, wie die Blätter seines Dschungels in der Morgensonne glänzen werden.

Vivaldi geigt. Jonas liegt im Schutz des Dschungels. Hört die Bagger auffahren. Spürt, wie es unter ihm vibriert. Bald wird eine Mauer nach der anderen krachend zu Boden gehen. Jonas will die Augen öffnen. Es gelingt ihm nicht. Die Bagger klingen wie Tiere aus dem Dschungel.

Jonas sieht vier Möwen in Richtung Süden fliegen. Hört ihre Schreie. Ihre Flügelschläge. Und die Stille dahinter.

69

Alice liess sich von der ersten Fähre auf die Vulkaninsel bringen. Die Sonne war vor einer Stunde aufgegangen. Am Hafen trank Alice erst einmal in Ruhe einen Milchkaffee, bevor sie durch das kleine Dorf am Fuss des Vulkans schlenderte. Vorbei an Zitronen- und Orangenbäumen. Eidechsen huschten vor Alice' Füssen in die verdorrten Büsche. Immer wieder legte sie kurze Pausen ein. Trank Wasser aus der Flasche und verstaute sie wieder im Rucksack. Auf dem Kopf trug sie Sandros Mütze. Am Rand des Dorfes fand Alice einen Trampelpfand, der sich der Hügelflanke entlang zum Vulkan hochschlängelte.

Bald prägte sandiges, dunkelgraues Lavagestein den Untergrund des Weges. Als Alice eine Scherbe schwarzen Vulkanglases aufhob, schnitt sie sich in den Finger. Dunkelgrünes kniehohes Gebüsch wuchs in den Lockermassen und umgab sie. Der obere Teil des Bergs dagegen war nackt. An schwarzen und roten Rücken ging sie vorbei. Den Rand des Kraters konnte sie bereits erkennen. Dort breiteten sich Sandfelder aus. Alice machte eine Pause und schaute zu ihrer Insel hinüber. Das Meer war unruhig. Sein Blau ein starker Kontrast. In der Ferne zeichnete sich vor den Hügeln das Relief der Stadt ab. Rote Dächer flimmerten unter der hoch stehenden Sonne. Ihr neues Zuhause. Hinter ihr stiegen Schwefeldunst und Rauch auf.

Wenn Etna oder Jonas mich hier sehen könnten, dachte Alice. Vier Möwen flogen an ihr vorbei. Sie hörte ihre Schreie. Ihre Flügelschläge. Dann ging Alice weiter.

Als sie oben angekommen war, blies ihr starker Wind ins Gesicht. Er hüllte sie in Schwefeldunst ein, ihr wurde übel vom Geruch. An verschiedenen Stellen des Kraterrands schien Dunst wie aus einem Schornstein auszutreten. Alice zwang sich, in den Abgrund zu sehen. Hinab in den gewaltigen Schlund, der sich vor ihr auftat. Sie sah die Eingeweide des Berges. Die Architektur des Vulkans. Stieg mutig ein Stück in den Krater hinab. Berührte seine Innenwand mit beiden Händen. Weisser Rauch stieg auf. Und als Alice nach oben schaute, schwebten Wolken über ihr.

Dank

Ich danke meinem Mentor Hansjörg Schertenleib für seinen kritischen Blick, seine Fragen, seine Ehrlichkeit und die Begleitung auf dem langen Weg zu diesem Roman. Ich danke meinen Eltern für ihr Einfühlungsvermögen, ihre Fragen und die vielen wertvollen Feedbacks. Ich danke Monika, Wilfried und Regina für ihre kostbaren Hinweise, Ideen und Korrekturen.

Ich danke Julien dafür, dass er mich wieder auf den Weg des Schreibens gebracht hat, für seine Zuversicht und Liebe zu mir.

Für die Unterstützung meiner Schreibarbeit bedanke ich mich bei Migros Kulturprozent, dem Amt für Kultur der Erziehungsdirektion des Kantons Bern, der Stadt Nidau sowie den Einwohnergemeinden Arch, Oberwil bei Büren und Rüti bei Büren.